纸上滋味

陶文瑜 著

中国书籍文学馆·轻散文卷

中国书籍出版社
China Book Press

图书在版编目（CIP）数据

纸上滋味 / 陶文瑜著 .—北京：中国书籍出版社，2013.5
ISBN 978-7-5068-3479-7

Ⅰ.①纸… Ⅱ.①陶… Ⅲ.①散文集—中国—当代Ⅳ.① I267

中国版本图书馆 CIP 数据核字（2013）第 081708 号

纸上滋味

陶文瑜　著

策划编辑	武　斌　陈　武
责任编辑	牛　超
责任印制	孙马飞　马　芝
出版发行	中国书籍出版社
地　　址	北京市丰台区三路居路 97 号（邮编：100073）
电　　话	（010）52257143（总编室）（010）52257153（发行部）
电子邮箱	chinabp@vip.sina.com
经　　销	全国新华书店
印　　刷	北京中华儿女印刷厂
开　　本	640 毫米 ×960 毫米 1/16
字　　数	200 千字
印　　张	15
版　　次	2013 年 9 月第 1 版　2019 年 4 月第 2 次印刷
书　　号	ISBN 978-7-5068-3479-7
定　　价	42.00 元

版权所有　翻印必究

总　序

人们感慨于生活压力越来越大、感慨于各种诱惑越来越多、感慨于被林林总总的大部头和眼花缭乱的图文书搞得不知所措时，我们精心打造的"轻散文"系列丛书，和广大读者见面了。

这既是一种全新的文体，也是一种全新的阅读方式。

我们所探索的"轻散文"，包括短而精美，轻而隽永；也包括回归自然，回归质朴。简单说，就是写自己日常的生活，写自己内心的感受。对所见所感如实呈现，对所思所想真诚相告。并希望，在人们对当下生活渐感浮躁和麻木的时候，能够发现生活的新奇和诗意，发现周围的平淡和美丽。这种写作的价值，事实上是散文文本的一种尝试，也是倡导一种新的写作姿态，即，精短而真实，亲切而和谐，自觉降低观察生活的视点，呈现那些很少被人关注或者未曾发现的视阈，在快节奏的现代生活中，仔细并缓慢地品咂日常凡俗的美感和复杂，品咂生活的温润和愉悦，安抚当下人凌乱而无处寄托的情思，表达出对生命的尊重，对生活的礼赞，重新回到崇尚真实、体悟自身存在的散文传统，以改变当下散文的浮躁和矫饰。同时，也切合阅读者内心的感受，不知不觉中，和作者进行文本的互动和心灵的沟通。

不可否认，"文化散文"、"学者散文"、"历史散文"等所谓的"大散文"，推动了散文的复兴和发展。但是，现代散文的发展和流变，从来都是多元并进才枝繁叶茂的。"轻散文"概念的提出和实践，可以看作是对传统生活类散文的回归和创新。周作人的平和冲淡，梁实秋的"雅舍小品"、俞平伯的委婉清丽、林语堂的活泼幽默、孙犁的"芸斋"散札，皆可视为"轻散文"的前辈经典。孙犁说："我仍以为，所谓美，在于朴素自然，以文章而论，则当重视真情实感，修辞语法。"

所以，我们推出的这套"轻散文"，就不仅仅是追求文章的精美和短小，更是文风和理念的革命：文虽短小，意趣不小，有精神的见解，有优美的意境，有清新隽永的文采，更折射出时代的风貌和社会的深意。

这套"轻散文"读本，适合日常的阅读。无论你是学生，还是上班族；无论你是小资，还是蓝领；无论你从事什么样的职业，都能从书中发现自己的身影，找到阅读的乐趣和情感的依托。

编　者

001 / 回忆滋味
003 / 连锁反应
005 / 藏书羊肉
007 / 刀鱼时代
009 / 三不吃
011 / 吃喝一家亲
013 / 汤包
015 / 馒头
017 / 生煎馒头
020 / 梅花海棠谱
022 / 南瓜记
024 / 鸡头米
026 / 鲫鱼吃法大全
028 / 肠肺汤

030 / 太湖蟹
032 / 胥城奥灶面
034 / 记苏州美食
036 / 红烧肉
038 / 一年去二次阳澄湖边
040 / 家乡菜
042 / 菜饭
044 / 老虎灶和大饼店
048 / 爆米花
050 / 江湖吃客当评委
052 / 家庭厨房小顾问之阿姨
054 / 城西大馄饨
056 / 逯耀东
058 / 新南腔北调集
060 / 新南腔北调二集
062 / 我的理想
064 / 叶老师
066 / 回家过年

目 录

068 / 心远地自偏
071 / 青石弄
073 / 小学
076 / 小学中学
079 / 73 年
081 / 工宣队
083 / 抓特务
086 / 1 + 1
088 / 有线广播
090 / 对调
093 / 调房
095 / 加工资
097 / 石路老家
099 / 苏州女人
104 / 评弹
107 / 歌词索引
112 / 麻将

114 / 提起茶馆
117 / 园林里面喝茶
120 / 碧螺春
125 / 太湖翠竹
128 / 雨花茶
131 / 海上花
135 / 太平猴魁
138 / 茶之初
142 / 唐朝茶事
145 / 宋朝茶事
148 / 明清茶事
152 / 一笔民国
154 / 茶花

156 / 红茶绿茶
158 / 茶客
160 / 一个人的车间
164 / 南石皮记
169 / 踏春踏秋
176 / 太湖的前世今生
179 / 古村落
182 / 渔米
185 / 太湖石
188 / 堂堂人家
191 / 古镇白话
194 / 经典刻画
197 / 枝头时令

200 / 栀子花开
203 / 曹后灵
205 / 夏回
208 / 陈危冰
210 / 徐贤
212 / 孙宽
215 / 钱玉清
218 / 冷建国
220 / 张迎春
222 / 宋咏和潘风
224 / 黄翔
226 / 王家南
229 / 王少辉

231 / 跋

回忆滋味

说白了就是回味,只不过写成回忆滋味显得悠长一点。

我是个丢三落四的人,掉了东西却不往心里去,反正皮夹里有钱,可以再买新的,皮夹掉了也不在意,反正下个月又要发工资了。原来我对日子也是这个态度,我喜欢打牌下棋,耽误了不少事情,一直以为时间是用不完的。现在才明白过来,时间是过一天少一天,关键我们的日子,不是简单的重复,好多东西随着时间,竟悄然消逝了,比如说一些滋味。

我可能到了写杂文的年纪了,一出手就弄一番感慨。我一向写散文随笔,散文随笔是助兴的,杂文有时候是扫兴的,要么我试着调整过来吧。

年轻人喜欢展望,老同志容易怀旧。前几天我突然生出一个念头,去我之前生长的地方走一走,幼儿园,中小学,从前工作的单位。花一二天时间,很经济地又重复了一次人生。最先的一个地方,就是仓街。仓街靠在平江路,我自出生到上小学,随老人在那儿生活。离我们家不多远,是一家点心店,二开间门面,只经营大、小馄饨和甜咸汤团。祖父一大早要去菜场买菜,回到家之后,就领着我去点心店吃小馄饨。

这里为什么不称呼爷爷呢？因为我在说四十多年前的往事，称祖父可能更加厚重一些。

我在吃小馄饨的时候，祖父和别的老人家长里短，谈笑风生，这些老人也是领着自己的孙儿来吃点心的。有时候我们吃好了，他们还没有回家的，还要说上一会儿闲话。当时我还不能完全体会他们那一种闲情逸致和天伦之乐，只觉得他们状态很好，只觉得那些老人，就是为了带自己的孙儿去吃小馄饨才老起来的，这是他们长成老人的目的啊。我想待我长成祖父，早上也要带着孙儿来吃小馄饨。

但我找到仓街时，这样的点心店已经没有了，临近的街上有家连锁店，但吃点心的人都是行色匆匆，好像是忙里偷闲，三下二下吃了，要去赶生活。

眼见自己一天一天老了，再过几年就要做祖父了，到那时怎么办啊？我的心里很不好受。

也许是小时候的故事，我对小馄饨有点情有独钟。我所经历的最辉煌的小馄饨时代应该在参加工作之后，我的单位在桃花坞，那儿真可谓是小馄饨集散地，西街上有一家，泰伯庙附近有二家，最好的一家在马路对面的巷子里，那真是字正腔圆的泡泡馄饨。

店面是设在路边上的，梧桐树下面，放了几张八仙桌，有时梧桐子落在碗里，大家就脾气很好地挪一下位子。老板娘应该有四个女儿，可能都出嫁了，她们是轮着回娘家帮忙的。我当时想，要是做这家人家的女婿也不错，我会约好多朋友来吃小馄饨，这是很开心的事情。这一刻才体会到"恨不相逢未嫁时"的含意。

现在这样资深的小馄饨再也见不到了。吴门人家饭店有点从前的样子，但最近在馅里加了虾仁，感觉小家碧玉的邻家女孩，上大户人家当了小妾，亲近之人显得陌生了。

我在讲从前滋味，却全本拿小馄饨说事，这是顾影自怜，因为小馄饨有点文人的影子，吃不饱肚皮，只是一点滋味而已。

连锁反应

前几天看中央台的一个唱歌节目，台上竟站了三个韩红，我还以为是电视特技，待她们开口说话了，才知道原来是模仿秀，她们一位是公交车售票员，一位是外语老师，还有一位是形体教练，说实在的初一看真是蒙人，待她们开口唱歌了，还是能区分出来的。精神文明群众娱乐是好事，但千万不要以为嗓子高就是韩红了，千万不要以为戴了墨镜就是韩红了，千万不要以为长得胖一点就是韩红了。

按说这是娱乐圈的事，和吃喝又有什么关系呢？我原来是想说连锁店或者分店的事情，就拿这事做个引子，这是作家很看家的本领，作家要就事论事了，不成法官了吗？反过来如果法官开庭时举一反三，他就成了作家了。

苏州的点心店，那一些百年老店，他们有自己独到的经历和鲜明的个性，有一百年来的沧海桑田和一百年来的顽强坚守，真是太可歌可泣了。

比如说是朱鸿兴，当时正好是兵荒马乱，加上国民党捣浆糊，一方面是通货膨胀，另一方面又要在不涨价的前提下保质保量，朱鸿兴的老板立在店门口，给大家鞠躬作揖，就是希望顾客不要进店里来了，因为卖出一碗面，他就要赔出一些钱啊。这要放在现在，要么涨价，要么焖肉切得薄一点。我前天吃到一块焖肉，几乎就是薄如蝉翼了。

就在这个步履维艰的当口，有一位老顾客，去外面借了钱，再回头转借给朱鸿兴，这下子面店依旧是撑在那儿。但那样一个时代，相当于一只熊市里的垃圾股，怎么也翻不起身来的呀，朱鸿兴每况愈下，那位老顾客还不起别人的钱，竟然无奈地选择了自杀，他的遗言是关照子女，不许向朱鸿兴讨债。

因为这一段往事，我对朱鸿兴有一份特别的情感。我平生第一次吃双浇面，就是在朱鸿兴，当时还在读中学，能有多少零用钱啊，吃一碗浇头面已经很奢侈了。我想起了朱鸿兴的旧事，就再加了一个浇头，心底里似乎为急公好义做了些什么了。那时候我做梦也没有想到过了二十年，苏州的街头会有这么多的朱鸿兴，会有这么多的黄天源，会有这么多的绿杨。

这是百年老店呀，又不是孙悟空。

创出一个百年老店谈何容易，光日子就是一百年啊，面条馄饨全是手工活儿，一个人是一个人的样子，看上去多一个店就多几万元加盟费，其实损害真是不小的。比如有个外商准备在苏州办厂办学，一路走着，肚子有点饿了，正好经过一家百年老店，进去要一碗面条馄饨，碰巧这是一家水平泛泛的连锁店，外商一吃之后觉得盛名之下吧，一下子对苏州人就有了个不好的印象。比如一位读者看了我的文章慕名而来，去那样的连锁店吃了一次，一下子对我的文字产生怀疑，并从此再也不看了。真是不能多想。

我个人是无所谓的，反正我在练习书法，文章不能写了，就去寒山寺门口给游客写"月落乌啼"，好在寒山寺只此一家啊。

藏书羊肉

法国一位作家，看了陆文夫的《美食家》之后，特地赶到苏州来吃顿饭。冷盆热炒吃得差不多的时候，法国人笑眯眯地问我，苏州美食根本的优点是什么？这个问题不是太好回答，我要说我们有一流的师傅，有舒适的风景，他接我一句这些我们法国也有，那就太没劲了。我想了想很实在地说，苏州有四季特殊的物产和老百姓对这些物产的宠爱。法国人问我什么是宠爱，我说比如一个季节来临了，一样物产上市了，你要没去吃到，就感觉缺少了一点什么，这一年也就不是完整的日子。

现在我要说起的藏书羊肉，应该就是这样的物产。

我真正去藏书镇上吃羊肉也只有一回。那一年冬天，陆文夫来苏州杂志社开会，完了以后突然有点心血来潮地说起，要么去藏书吃羊肉吧。我们和当地的一个作者联系之后就往藏书去。

那位作者已经在镇口头等我们了，说了几句麻烦你不客气之类的闲话，他就带领我们去了镇政府食堂，说是今天就在这里吃羊肉。我说要不要找一家好一点的饭店，有名气的那种，那位作者说，用不着的，藏书镇上的羊肉店，家家拿得出手的。这有点南京板鸭的感觉，南京的饭店不是道道菜过得硬的，唯一没话说的，就是板鸭，真是几乎家家人家好的。

当时陆文夫装了假牙，羊肉吃不动，我还关照老师傅羊汤里放一点羊血。这个可以不用牙齿了，我说，陆老师，你是陪我们来吃羊肉的呀。陆文夫说，闻闻味道也好的。这个味道，应该就是风情，就是风土人情。

苏州人说吃羊肉喝羊汤，每到深秋初冬，大街小巷里就开出来好多藏书羊肉店，加起来有几百家吧。羊肉店的门口，原来就是很简单的四个字：藏书羊肉，近几年似乎有了各式各样的名称。写作是夜班活，我从青少年起就养成了冬天喝羊肉汤的习惯，现在已经中老年了，冬天的夜晚还是去喝羊汤，我家附近有一家阿胡子藏书羊肉店，阿胡子有好多老顾客，我就是其中之一。

藏书羊肉到苏州来开店，是光绪年间的事情了，这么多年来，一直延续着这样的形式，延续着这样的滋味。我们恢复传统文化，有好多的修复，张三故居李四故居，中间隔了这么多年，王五拆过赵六修过，气场完全面目全非了，唯独吃喝还有真传在呢。

前几天我在书上看到，当年章太炎、李根源也都喜欢去藏书羊肉店喝羊汤。好多事情文人墨客和贩夫走卒是有区分的，而美食却是空前的一致，空前的雅俗共赏。

除了苏州这么多羊肉店，藏书镇上的羊肉店依旧是按部就班如火如荼，每年一届的羊肉美食节，就是冬天里的一把火啊，一方面镇上推波助澜，一方面吃客们水涨船高，政府有税收，商家有利润，苏州人有吃福，藏书羊肉不就是和谐社会的一个影子吗？

刀鱼时代

刀鱼在广大鱼中有相当的地位。一般我们老见到的鲫鱼鳊鱼，只是鱼里面的普通群众，白鱼银鱼是鱼里面的基层干部吧。

清明前的刀鱼加上河豚鲥鱼，几乎就是美味的象征了，与刀鱼河豚鲥鱼放在一起，鲫鱼鳊鱼之类就是江湖上的小混混，至多江南七怪黄河四鬼，刀鱼河豚鲥鱼，差不多东邪西毒了，鲥鱼带点超凡脱俗，河豚则是亦正亦邪。

这三种鱼类之中，我最偏爱的，应该就是刀鱼了，两年前我去张家港参加一个活动，是文化站搞的。文化站长是很不容易的职务，要做好多琐碎的事情，却又是轮不上号的干部，轮到活动了，一方面要请人来搞场面，一方面又经费紧张。所以我说就不要给钱了，因为多了他给不起，少了我又没面子，干脆吃得好点，正好是清明前，刀鱼河豚鲥鱼最好选两样尝尝。最后文化站长找到一家企业，由他们安排了饭菜，席间就有刀鱼河豚，河豚我不是太喜爱，感觉上张扬，红烧的做法也不好，有点吃作料的感觉，而刀鱼天生丽质地细腻，清蒸的方式，没有伤筋动骨，几乎原汁原味了。

那一天的刀鱼有带鱼那么阔，而骨头却还是软的，我基本上就吃了这道菜，连汤也没放过。也在那一天，我知道了我们吃的刀鱼，全是人工的，这年头野生刀鱼，几乎吃不到了。

这真是有点扫兴，好比出门回乡，遇上青梅竹马的女生，谈得兴起，女生却说已经嫁人了。虽然人工的滋味也不错，但心里想着野生的应该更好啊，却是只能想想了，记忆里三十多年前吃过刀鱼的，具体的滋味却没有那么逼真了，这真让人失落。

我们家虽是劳动人民出身，却和许多苏州人家一样，时鲜物产上市的时候，都要买一些回来尝尝的。祖母的清蒸刀鱼要放一点点酱油。我曾经听说过用大头针将刀鱼固定在锅盖上，蒸到一定程度，鱼肉掉落下来，锅盖上只有一条骨头了，却没有亲眼见过，只记得祖母做过一次刀鱼面，就是将刀鱼肉剔出来，和在面粉之中，制成面条，那真是精雕细刻的功夫和不露声色的鲜美啊。可惜现在的刀鱼面不这么玩了，现在只是待鱼吃完了，在鱼汤里下一碗面，相当于粉丝拿了一张偶像的签名照片，却见不着偶像本人了。

去年清明前还尝过一次刀鱼馄饨，刀鱼和肉糜混在一起做馅，因为有了刀鱼，这一碗馄饨竟是那么的精神抖擞。不足之处是酒席吃得差不多时上来的，滋味就打折了。

从美食角度出发，我们也应该很好地保护环境啊，想想从猿到人，人类有今天是多大的进步，而刀鱼却由野生到人工，这真叫人难过。

三不吃

　　我已经好长一段时间没有写和吃相关的文字了，原因很简单，没吃到什么好东西。初恋一般会写写情书情诗，几十年夫妻，有几个还这么玩的？美食成了一日三餐填饱肚子，趣味也就淡了。

　　昨天叶正亭来电话，口气严厉地批评了我。当初是说好的，我们为广电报开一个美食专栏，一人写一篇，结果我有半年没动笔了，老是叶正亭一个人扛着，脾气最好的人也吃不住了。这和吃饭买单一个道理，人家多买几次是可以的，但老是他一个人买，哪怕嘴上不说，心里也冤的。我想了想，要不就务务虚，谈一谈我的三不吃吧。苏州人有句说法叫"逆面冲"，就是遇到一起没来由地互相看不惯，我的三不吃，除了有点"逆面冲"，还有一些自己的道理。

　　首选是火锅不吃。原因有三条，一是吃火锅太笼统了，上来就是高潮，也没有落下去的时候，却又说散就散了。二是荤菜素菜全搁在那儿，也没有起承转合，也没有先来后到，一副毫无章法的样子。三是将所有的东西统一成一个口味了，火锅要是改革开放前的话，菜几乎就是黄军装了，男女老少穿成一个样子，你说阿好看呢？

其次是客饭不吃。我刚到杂志社的时候，每个月才一千块多一点工资，靠着这点钱养家糊口，日子很艰难，但即使这样，我每天中午还是去老苏州茶酒楼，点二道菜，吃一碗饭，我的做法就是在其他地方节省一点吧。为什么不吃客饭呢，我觉得客饭缺少对饭菜和我应有的尊重，丢丢甩甩的，好像我和饭菜都是后娘养的，这种感觉很不好。

最后一个不吃就是农家菜。农家菜其实是一个认识的误区，我的朋友家里有两个来自吴江的阿姨，天天农家菜，农村的日子一向节衣缩食，作料又不全，也不舍得放，对待菜的态度也是，做熟就行了，能下饭就行了，所以农家菜的起点要比市民菜低好多。另一个原材料的新鲜也是误区，我们现在吃鸡吃鱼，也是菜市场里现杀的，要说农家菜比我们的新鲜，也太缺心眼。唯一一个优点，就是屋子外面有点田园风光，这其实和吃饭无关了，街上走过一个女孩国色天香，你是不能把她带回去的，和你的日常生活也是没有关系的呀。

吃喝一家亲

专栏文章的第一篇最难写，好比是从前搞对象，介绍人好话说得差不多了，双方照片也看过了，接下来就是第一次约会。第一次约会的分寸是最不容易把握的。我小时候听老人讲过憨大女婿的故事，憨大女婿第一次约会，说好了一起去看电影。看电影是很巧妙的，黑灯瞎火看不清，而且也不用说太多的话。临出门时，家里人关照憨大女婿，说是不要忘记去买一点小吃，要讲究实惠，东西不少，花钱不多。憨大女婿在观前街逛了一圈，最后去陆稿荐买了一份酱肉，没花几个钱，却有一大包吃局了，然后待电影开场了，从口袋里掏出酱肉，塞给第一次见面的女朋友。

这个故事是不太厚道的，家里的老人全是从旧社会过来的，又对自己的世界观改造比较放松，觉悟就比较低了。到现在我再想起这个故事，是一种批判的吸收，吸收什么呢？就是专栏文章的第一篇要合情合理，恰到好处。看电影是一个好点子，酱肉是万万买不得的，要不就买一包话梅，再带好一只垃圾袋，总要给读者一个吐话梅核的地方啊。

闲话按下不表，接下来就要做美食的文章了。

说实在的，有关吃喝的文字，之前我没有太当一回事情，有写无写瞎写写，这是一个题材，相当于菜市场里的一种菜，厨师也不是每道菜都拿手的，何况文章。但最近我当选为苏州烹饪学会的特邀顾问，俗话说在其位谋其政，我又不会烧菜做饭，我想我分内的工作，除了吃吃喝喝，就是写一些美食文章吧。饭店里的厨师好比打仗的将士，我是唱唱《一棵小白杨》之类的文工团演员。

写美食文章的作者也有不少，前一阵我在电视上看到介绍一位少妇，也是干这一行的，她正在有点声情并茂地告诉记者，说是素菜荤菜都是有感情的，能欢乐，能悲伤，会动气，会撒娇。我们要像对待朋友一样对待它们。

我是不赞成这样的说法的，你能对朋友横一刀竖一刀吗？你能将朋友油里煎火上烤吗？吃喝就是吃喝，平常普通的事情非要弄得玄乎，搞得云里雾里的，作为一个文字工作者，这样做是有碍职业道德的。要是日常生活中也这样玩，非要上升到一个高度，那和她谈朋友不是累死了呀。

当然我这样背地里说别人也不太好，幸亏我是出于公心，是职责所在，一个人要做好本职工作，不仅要自我批评，也要有一些批评的。

有关美食文章，不少人的做法是股评式的，有一些阴线阳线的依据，然后就是结合自己的经验体会，说出来一些想法。第二天股市涨了或者跌了，和你无关了，股民赚了也不会想到分钱给你，赔了也不会跟你要账，就这么回事。

美食文章呢，说到底是纸上的烹饪，真正的吃喝，还是要靠饭店里的师傅的。

汤包

头二年我们单位选举区人大代表,我被推选为候选人,俗话说人民代表人民选,人民代表为人民,我想要是我选上之后,应该有一些什么提案呢?我想到了好多内容,连小区里乱放自行车都列上去了,后来想到这是人大,好多问题社区开碰头会都能解决的,我应该选最主要的说,最后列出一条,就是鼓励点心店恢复和坚持一些传统生产,比如汤包。我在提案上强调了一点,就是好多点心小吃中,汤包是最能够体现苏州意味的一种。后来我们这一选区选上了一位税务局长和一位修自行车的个体户,我只记得这位修自行车的师傅,不仅技术好,而且态度热情,而且一般打气什么的,都不收钱。他们自然有别的提案,汤包的事就一直搁在那儿了。

起先我想到,不如写一封群众来信,将汤包的事向领导反映一下,又一想我又不是人大代表,不关我什么事,反正是大家没得吃。现在觉得,我虽然不是人大代表,但还是应该以代表的标准来严格要求自己的,有关汤包的事,我这是会场之外的提案吧。

苏州的小吃可谓琳琅满目，单馒头类的就有好多个品种，馒头、包子、烧卖、汤包、紧酵、生煎、小笼，这其中汤包是最具有苏州个性的，小小巧七的样子，滋味也是鲜美，好比苏州小巷里的小家碧玉，不仅长得细腻，还勤俭能干，一看将来就是相夫教子的人才。我也一直在想，要是点心中也要选一样城市形象大使，那肯定就是汤包了。

我印象中第一次吃汤包是在朱鸿兴，当时的朱鸿兴开在怡园对面，差不多是现在古旧书店那个口子上，我是随哪一位长辈去的，我为什么要经过那儿，都不记得了，好像是我祖父，也可能是一位邻居，不去管他了，反正就是他带我去吃汤包的。一人一客，十只汤包，他好像还说起，你要吃不掉我来帮你好了。他是出于好心，但我一吃之下，觉得真是滋味无穷，那时候家境贫寒，难得吃顿点心，又是这样好吃的汤包，自己还嫌不够呢。

我想我也是从那一刻起，打定主意要在这座城市里长大成人，生老病死的，汤包对我的命运起了很大的作用，反过来说，就是一种点心，竟起到了这么大的作用，也注定我的人生不会太多出息。

我还想到等我长大工作以后，赚了工资，天天要去吃汤包，我要高兴，早上当了早点，中午还要去吃。我想到我的将来，内心充满了憧憬和幸福。

只是我挣钱没多久，苏州的好多店家就不生产汤包了。前年我曾经在观前街附近一家点心店里看到有汤包卖，当时真是很激动，感觉是遇上了小学时同桌的女同学了，但一吃之下，简直就是没有发开的面疙瘩，还好意思放在店里卖，汤包的脸都给他丢尽了。

回过头来说朱鸿兴，跟电脑中的复制似的，开了好多连锁店，但这么多的朱鸿兴只卖盒饭，却不做汤包了。我要说的是，广大人民群众需要盒饭，也需要汤包啊！

馒头

汪成是市府食堂的点心师傅,说起做馒头,在苏州应该算是佼佼者了。大院子里各委、办、局的同志忙起来饭也顾不上吃了,就去食堂抓两个馒头填填肚子,说起来是在为大家办事情啊,真叫我们过意不去,但想到他们吃的是汪成做的馒头,多少就有一点安慰了吧。

汪成说看一家点心店好不好,只要看是人等馒头还是馒头等人。这话真言简意赅,大家排起队等在窗口头,这家馒头店的手艺肯定不错。一直没有客人来,冷了再回到笼上去蒸一下,这样的馒头,好比错过时机的大龄青年,心里想着谈婚论嫁,却总是找不到合适的对象啊。

还有一种馒头,好比是正当年的少女,社会地位高,经济条件好,而且长得楚楚动人,几乎就是皇帝女儿不愁嫁的样子了,结果找上门来的却不多,有点光打雷不下雨的意思,为什么呢?两个人组成家庭是要过日子的,找个普通劳动人民的女儿,勤俭持家相夫教子,那样可能更实在。

我说的这种馒头，就是原来开在拙政园边上的一家台湾点心店的那种。

我曾经和吴涌根、刘学家一道去过一次，吴涌根说，汤包上起码是二十个以上的皱褶，功夫到位的，又说烧卖也好，腰是直起来的，但我却不太喜欢他们调出来的滋味。一点也不合我胃口，而且价钱又贵。我想和我一样感觉的应该不在少数，所以去的人少，生意撑不下去了。

那一天做海棠糕梅花糕的邓月明师傅召集吃饭，其中有得月楼的点心师傅和汪成，我说起阜桥下塘三得利的生煎馒头，汪成说这一家店是他师兄弟开的。其实我本来是想写生煎馒头的，写着写着收不拢了，看看字数差不多，生煎馒头的影子还没出来，就当是发酵，放在下篇写了。

生煎馒头

人的一生能遇上多少好的生煎馒头？说起这个话题，我是有点感慨万千的。因为我遇上的，几乎就是这一个时期最好的生煎馒头，就像人家写苏州避不开苏州园林，写苏州园林避不开狮子林拙政园一样，如果我们要写一本《苏州小吃》，肯定避不开生煎馒头，而说到生煎馒头，自然会提起这几家店家，如果出版社准备细致一点，出一本《生煎馒头简史》，那么改革开放以来这一个章节，基本上就是说他们了。

我曾经在阜桥附近的桃坞职工业余学校工作过好几年，学校附近有一家名叫大观楼的点心店，那儿的生煎馒头很著名，因为炉子上操作的师傅是个哑巴，大家就叫这儿的生煎是哑巴生煎。

大观楼的生煎馒头，成功的秘诀和买点，都和这位哑巴有关，为什么呢？因为生煎馒头主要见的就是煎的工夫，哑巴本来就是一个实在人，加上他听不见，你急他不急，排再长的队，他都是这样一番工夫，这一番工夫，就能使生煎馒头到达好吃的分上了。功夫不负有心人，这句俗语用在这里真是十分恰当。另一点哑巴做老师傅，多少有一点传奇色彩，电影里有这样一个情节，肯定不是生活片，起码是武打片吧，大家这么一传，哑巴生煎的名声就更大了。

我的印象里，大观楼是一间厅堂，很高也比较宽敞，但不明亮，暗戚戚的样子，下午的时候，太阳也只能照到门口的一小摊地方。另一个印象是大观楼似乎只做生煎馒头。冬天的中午过后，哑巴和店里的职工三三两两坐在一小摊阳光里，女的在打毛衣，男的抽烟，大家说说笑笑，哑巴当然不能说话，也听不到大家在说什么，但他也是开心的。直到两三点钟，大家开始生火做馒头。这时候急性子的顾客，已经守在店堂里了。

这样的日子，应该说是好长一段时间，有一天我早上去上班，听到同事们说，昨天晚上大观楼着火了。我赶过去看的时候，是已经塌下来的烧焦的房子，靠在人行道边上，马路上人来人往，大家依旧在忙各自的事情。

之后房子重新造起来，好像是做水暖生意了，反正我记得是有抽水马桶和浴缸吧。

上点年纪自然经历的事情多，也就容易拉拉扯扯，你看，我才说了一家点心店，已经超过了栏目规定的字数。好比手头的工作还没完成，已经是下班时间了，怎么办？留着明天干吧。

一个桌子吃饭，中间有两个陌生人，一开始大家会很少说话，好像是不知道说什么，不知道怎么说了。等有了一个共同的话题，大家的话匣子一下子打开了，而且是你争我抢地说。写文章也有点这个意思，比如我想到生煎馒头，应该是一篇文章的计划，一写开却渗出来好多内容。

那时候的居委会似乎也没有什么特别的事情，我的印象里就是收卫生扫街费或者是发老鼠药吧。我父母家住在第四人民医院对面，大兴三产的时候,那儿的居委会办了一家点心店,点心店里不少品种都平平,但做生煎馒头的,应该是个高人,所以生意兴隆,大家全都是冲着那儿的生煎馒头去了。

之后没多久,靠在接驾桥的朝阳菜场附近也开出一家点心店,也是居委会办的,真是无巧不成书,这家点心店也是别的品种不过如此,而生煎馒头特别精彩。有人说是我们居委会的师傅跳槽去了那儿,但当时我们那儿的生煎馒头依然是原来的滋味呀。回过头来想想,那真是一个优秀生煎馒头辈出的时代啊。

这样的经营持续了五六年,之后城市改造,可能还有些别的原因,这两家点心店都先后关门了,之后居委会也改称社区了,这个时代似乎丢下了好吃的生煎馒头,轻装上阵地前进。

差不多是十多年了,桃坞职工业余学校的巷口,开出一家名叫三得利的小店,那可真是小店啊,就是十来个平方,但做的生煎馒头却是一流。

三得利的店堂里,还贴了一幅书法小品,是一位上了年纪的老吃客送的,小品写的是一首打油诗,我记得大致的意思是小公园里人头挤挤,大家都在夸奖三得利的生煎馒头。诗很业余,书法也一般,但我每次看到,却是特别温馨,苏州的骨子里,就是透着风雅。

我每天上班经过那儿的时候,都是闻到一股菜油和葱花的香味。之后我离开那儿了,有一天就是想起了这样的香味,我叫了一位朋友,打车去到三得利,吃一客生煎馒头和泡泡馄饨。

泡泡馄饨是一块钱一碗,我们打车的车钱是三十元,这样合下来,这一碗馄饨是16元,我觉得有点不好意思,硬是点了两碗馄饨,就算是吃夜饭,这样成本就降下来了呀。

纸上滋味

梅花海棠谱

邓师傅是制作梅花糕海棠糕的老师傅。邓师傅原来为一家茶楼工作,后来离开茶楼,在三塘街上设一个摊点,这样的摊点和梅花糕海棠糕联系在一起,似乎更协调了,因为从前做这个买卖的手艺人,也是这样一番样子操作的。茶楼里做当然是可以的,就像鸟儿放在笼子,也好看的,但鸟儿真正的天地,应该是树林吧。几百年前乾隆皇帝下江南,在苏州一家茶楼里刚好听着王周士在说书,觉得很有趣,就一道圣旨将王周士带回京城,专门为他一个人说书。然后没过多久王周士就提出来想要回家了,王周士说,茶馆是种植评弹的土地,在那里有呼应,在那里有精神,而现在,自己和评弹,只是故宫里的一样盆景,因此,还是要回去,回到茶馆里去。所以茶馆里不一定合适卖梅花糕海棠糕,茶馆里倒是比较合适说书,当然这是题外话了。

梅花糕海棠糕是苏州传统小吃,属于点心一类,和一般糕点馒头汤包的区别在于,那些点心在店堂里供应,还有一些当饭吃的成分。梅花糕海棠糕是挑起来就好走的摊子,完全是"点点饥"的意思,糕点馒头汤包有点像武林中的名门正派,梅花糕海棠糕有点像江湖好手。另一点就是不少点心是烧出来蒸出来的,梅花糕海棠糕是烤出来的。海棠糕是有馅的甜食,豆沙、果脯、瓜子仁、猪油,甜的梅花糕也是这些原料,咸吃就是鲜肉馅。海棠糕比较小巧,从前时候小姐太太吃得多一点,梅花糕个儿大,是劳动人民的点心。苏州人讲究个精巧,换到别地方,刀切馒头花卷也打发了。

邓师傅有两副专门的脱子,一副做梅花糕,一副做海棠糕。脱子是紫铜敲打出来的,脱子上的格与格的缝隙中化了几十年糯米,这样就格格不入了,糯米放上火上怎么不会化掉呢?我也不知道,这就是传统工艺的独门秘诀啊。

邓师傅的脱子是祖上传下来,他们家到邓师傅已经是四代做这个生意了,一代人靠了做梅花糕海棠糕的手艺,成家立业养家糊口,第二代继承下来,再继续下去。一副脱子,相当于说书先生的琵琶弦子,剃头师傅的理发推子,账房会计的算盘珠子等等。

邓师傅的儿子是南大研究生,肯定要在其他方面发展,所以邓师傅家做梅花糕海棠糕的手艺传到第四代之后就后继无人了。邓师傅想找一个徒弟,他选择徒弟的标准是衣食无忧,然后再是吃苦耐劳。邓师傅说,要是想着多挣钱,就可能在原料上缺斤少两,几角钱成本也能做出梅花糕海棠糕,还有人用土豆放了色素,做成豆沙的样子瞎混呢,这样牌子要做坍掉的呀。

为了说明自己的心意,邓师傅在得月楼请我吃饭。我不能空着双手去呀,就想着替邓师傅写个毛笔字,邓师傅名叫邓月明,是做梅花糕海棠糕的师傅,我就写了一句"梅花海棠谱,月明人倚楼"。

南瓜记

从前的粮食是凭票供应的，十多岁的孩子一个月才十来斤，男孩多的人家铁定是不够吃的，要赶上孩子发育，粮食就更加捉襟见肘了，我们巷子里沈老大家、蒋海泉家、陈师母家就搭吃一些南瓜。南瓜洗干净切成小块放在饭锅上，饭烧好了南瓜也熟了，真是一举两得。也有搭吃山芋的，还是放在饭锅上，和南瓜的方法仿佛。

我们家里我有一个弟弟一个妹妹，按说孩子也不少，我母亲的方式是晚上吃粥，一天早晚两顿粥，米就渗出来了，所以我们不常吃南瓜，南瓜在我们眼里是一道点心和一种小吃。

以前苏州人烧南瓜粥，喜欢放几块猪油年糕，也不多的，两三块吧。南瓜的甜味很文静，也不争强好胜，和其他滋味都能和睦相处，我不抢你的滋味，你也别想把我剥夺。放了猪油年糕，有一点椒盐的感觉了，猪油化在粥里，也肥滋滋了。这个做法现在基本上是见不到了，现在吃的东西多，想起吃南瓜的机会少了，再一点大家有了健康意识，认为猪油多吃对身体不利，现在的猪油年糕也改进了许多，似乎是有色拉油代替，猪油仅仅是挂在那儿的羊头了。所以我们心里，和南瓜一样有点失落吧。

苏州还有一道名叫南瓜团子的糕点，南瓜打成稀泥一样和在面粉里，团子是豆沙猪油馅，和清明前的青团子差不多。现在酒席上吃的南瓜饼，也是这样的原理，眼中无瓜，味中有瓜，也是吃喝中的一种境界啊。

也有把南瓜做成冷菜的，将南瓜切成条和红枣莲心一起，放在果汁中浸泡，其实口感一般，因为滋味已经甜得和西瓜差不多了，最后南不南西不西，大家点这道菜有点将就着对付的意思了。

现在和孩子们说起粮票，他们的体会很迷糊了，我的儿子还认真追问了一句，是不是在旧社会？粮食放开了，多得吃不完，也没有南瓜什么事了。厨师们只在有限的几道菜上，用一点南瓜，比如南瓜饼和南瓜冷盆，更多的时候，厨师们将南瓜雕刻之后作为一种装饰，放在菜边上，前天我去一家餐馆吃饭，大盆子里虾仁占了三分之一的地盘，还有三分之二的地方，就是南瓜雕刻的仙鹤。我心里说，这么一只仙鹤，要费掉多大的一只南瓜啊。随着时代的发展，已经由物质的南瓜，转为精神的南瓜了。说实在的，这道菜有南瓜和没南瓜真的无关紧要，我觉得这只仙鹤，真像是一个文人，有他一个不多，没他一个也不少。这一想心里竟未免有点伤感起来，就有了写这篇文字的打算。

下面我来简单归纳一下，南瓜可以当饭吃，也可以当菜吃，二三十年前，基本上就是又当爹又当妈的样子了。南瓜可以当蔬菜吃，也可以当水果吃，用一句娱乐界的行话来说，就是两栖明星。

鸡头米

朋友家的阿姨，以红枣炖鸡头米当点心，炖了一个多钟头了，红枣依然是鲜活挺拔的样子，鸡头米却已经散了架了，这样的情形，打个不恰当的比喻，几乎就是老夫少妻啊。

红枣比较热性，是冬天的食品，放在夏天的锅子里炖，好像落难的大户人家，将自己的千金嫁到劳动人民家里来了。鸡头米又是个独身主义者，和谁都搭不到一起，非要替他掺和，终究是牵强附会，而且最关键的，鸡头米放到开水里三分钟就熟了，你这样一个多小时炖下来，肯定是一点骨子也没有了，吃在嘴里和熟莲蕊差不多，真是糟蹋啊。

我和叶正亭先生说起此事，叶先生说，你自己也不得其法，鸡头米只要在开水中烧三秒钟，然后从炉子上拿下来，尽快让其冷却，这时候的鸡头米，又嫩又韧，而且吃到嘴里有糖黄的感觉。这个方法一般的厨师还不一定知道呢。

这是一个很有诱惑的说法，叶正亭出版了好多有关美食的著作，似乎也没有将这个秘方公开，他单独告诉我，这个人情真是大了。回家以后我就去照着实践,三秒钟过后,将鸡头米起锅后倒在青边碗里,想到糖黄的感觉,心里还隐隐有点激动呢。

抽烟的人嘴里比较毛糙,鸡头米这样细腻,稍不留神糖黄肯定就一带而过了,我就为了这一个感觉大半天都没去碰香烟,结果你猜如何,我吃到的鸡头米竟然是生的,只好再从碗里倒进锅里重新回炉。

我是一个讲道理的人,叶正亭先生的三秒钟,也可能是文人说法,就是说掌握好一定的火候,糖黄的感觉是能够体现出来的,要不改天我带好鸡头米,请他亲自操作一回,不然我吃了大半辈子鸡头米,却还是蒙在鼓里,这和已经子孙满堂了,却还不知道爱情是怎么回事,又有什么两样呢。

鲫鱼吃法大全

鲫鱼和我们的一日三餐,几乎就是形影相随,从前是这样,现在也如此,贫困家庭是这样,小康人家也如此。我心里一直觉得,鲫鱼简直和家人一样亲切啊。有人说家人你还这么吃,太不近情理了。这个说法其实是很抬杠的,我总不能和鲫鱼一起坐在餐桌前吃喝吧。

天长日久和日积月累,流传下来好多鲫鱼的吃法,我分类归纳了一下,大致有以下一些:

一、"老蚌珍珠",其实就是鲫鱼鸡头米,将鲫鱼去鳃后沿背脊剖开,把肚皮劳什取出来,再用清水将鱼洗干净,然后在鲫鱼肚子里填进鸡头米,再放上作料清蒸。应该是野鲫鱼,蒸熟之后,翻开的背脊乌黑如蚌,加上鸡头米的缘故,这道菜叫这个名字,真的比较形象。

之后我在书本上看到,老蚌珍珠还是地道的红楼菜,据说曹雪芹家住在现在的苏州第十中学的时候,经常用这道菜来招待客人。

二、潘鱼。潘鱼和老蚌珍珠仿佛,也是一种鲫鱼的做法,说是将鲫鱼活杀后,过一下开水,然后放上调料与火腿香菇蒸烧,吃起来十分鲜嫩。因为这个方法是潘世恩想出来的,这道菜就叫了潘鱼。潘世恩在京城为官,思念家乡时,就想起了家乡的吃喝。如果说老蚌珍珠和潘鱼是同一道菜,应该也能说通,北京哪来的鸡头米呀,所以潘鱼是改良或者简化之后的老蚌珍珠吧。

三、葱烤鲫鱼(含红烧鲫鱼)。这是比较经常的吃法。一般人家只是在鲫鱼煎好之后,随着调料一起放几截葱段在锅子里,严格说起来,这是红烧鲫鱼。葱烤鲫鱼是在煎鱼的时候,就放了好多整棵形态的葱在锅子里,鱼的表面焦黄了,葱也枯空了,再放调料下去,最后的葱味,很浓郁地渗透在鲫鱼里。

这道菜很重要的一个环节就是煎鱼,煎和炸不同,煎是外焦里嫩,重要的是不能粘了鲫鱼皮,不然简直是破相。炸就有点不管三七二十一了。有一回朋友生日,大家带一道菜去祝贺,我就去菜场挑了两条鲫鱼,然后开了大油锅一炸了事,再把调料加重,颜色深了就更加眉毛胡子一把抓了。说到底还是因为我没有把握煎鱼,这个道理和搞文学评论的写不了小说一样。

四、鲫鱼汤(含鲫鱼奶汤)。放在油里煎炸以后的鲫鱼,再加冷水烧汤,就是奶白色,有人想出花样,放一点牛奶,也不伤大雅,只是牛奶要放到吃不出为限,真吃出来牛奶味,就有点无趣了,俗话说是戏过了。我母亲生前烧鲫鱼汤不先起油锅煎炸,而是将水烧开后再放鲫鱼,这样汤色清淡,也张扬了鲫鱼的鲜嫩,我母亲还喜欢滴几粒麻油,这样的鲫鱼汤,跟文人画似的。

五、我小时还听到邻居一老太太说过,将一锅麻油放在文火上,再放入鲫鱼,慢慢地煨,花上三四个小时,鲫鱼又香又酥,但一直没有实践过,也说不出真实滋味。

有关鲫鱼吃法,差不多就这些,回过头来看我用的名字,大全好像真的起大了,就算是我一个人的大全吧。

肠肺汤

有一阵，肠肺汤仿佛走红的新歌，你到歌厅里去坐一坐，总有人会点唱的。你要到饭店里去呢，几乎也是家家都有肠肺汤。也有一些餐馆，就是踏不准点子的唱歌，不放胡椒粉或者放太多的胡椒粉，所以滋味就很失败了。

肠、肺、肚子、腰子都很好吃，我们小时候的认识是荤菜比素菜有营养，然后就是吃什么补什么。从前我们巷子里有一家人家，丈夫得了肾炎，妻子每天要去菜场买一些腰子回来，烧汤给他喝。那时腰子好像蛮贵的，我还记得这个妻子要上中班的，下午去上班，遇上邻居总要说一句，去赚腰子钱了。现在大家弄清楚了，内脏是不宜多吃的，因为胆固醇高。

我母亲生前拿手红烧大肠，这道菜的要点是洗得干净，然后是浓油赤酱。那时候我已经参加工作了，单身住在外面，一般是吃饭时回老家。我母亲买了大肠，利用中午休息时间，洗干净放在煤炉上，烧得差不多了就封好炉子去上班，待傍晚回来，就有一道烧好的小菜了。

那天我已经忘记是怎么回事了，反正下午三点多我正好回去，推开门就是一股香气扑鼻而来，一闻就知道是红烧大肠，我是很馋这道菜的，就蹲在厨房里，打开砂锅盖子，边烧边吃，也没多大工夫，竟把一小砂锅大肠全吃了。这可怎么交代呢？我第一个念头就是一走了之，这几天不回家，过了风头再说。但立马否决了自己这个想法。一走了之只是暂时的解脱，最后终究是要面对的呀。

这里我想说一句题外话，有些犯了错误甚至犯了罪的人，比如交通肇事，还有前几天我在电视上看到的，打伤了邻居，他们都选择逃逸，结果却是罪上加罪，真是很不应该，也很不值得。当然我这个事情没有这么严重，大不了数落两句吧。

一开始我也没有什么办法，只好随它去了，当我出门到了大街上，经过一家熟菜店，竟是突然有了主意。我就去熟菜店称了二斤大肠，然后再转过身回家，放在砂锅里，那些汤汁还在，打开煤炉重新烧一阵，初一看，也是红烧大肠。只是滋味不能同日而语了。

那天晚上，大家都在批评我母亲有失水准，我母亲像犯了错误似的难过，我还假惺惺说，可能是冷冻过的吧，是原材料的问题吧。

好多年过后，我在家里说起这件事情，大家笑得很开心，我也跟着大家一起开心，突然想到我母亲已经去世好几年了，心里涌起一阵悲伤。

纸上滋味

太湖蟹

太湖蟹是装在竹木提篮里的，提篮上也没有什么装饰，就是竹木本色吧，初一看是素面朝天，细一想还是自信满满的意思呢。

不久前我去一家园林，进门的地方有几张照片，是一些伟人在这片风景里的留影，挂这些照片的人或许是希望通过伟人来聚集更多的人气，他不知道伟人也是冲了这片名胜古迹来的。其他人也不是冲着伟人来这里，他们来这里还是因为名胜古迹。所以在生活中要做一个有心人，比如我们要是见到过太湖蟹的包装，或许就能悟通一些道理了。

竹木提篮里还有一些吃蟹的辅助，吃蟹的钳子和剔子，蟹醋以及碧螺春洗手液。碧螺春是春天里太湖著名的特产，我喜欢在餐前泡一杯，感觉嘴巴里身体里有点清气上升的意思，然后再吃大闸蟹，滋味越发鲜明了。

或许仅仅就用了碧螺春这个名字，但我以为是用碧螺春茶叶制作的洗手液，心里有点过不去，一方面似乎是过于奢侈，另一方面碧螺春在我心目里是名门闺秀，现在却干起了丫环的营生，也太委屈她了。

不少人吃蟹的时候喜欢喝一盅黄酒，我就喜欢喝一杯碧螺春，我觉得碧螺春和太湖蟹搁在一起，有点霸王别姬的意味，对于他们来说呢，也是一次团聚。

接下来让我们说一说装在竹木提篮里的太湖大闸蟹吧。

其实并不是生长和养殖在太湖里的大闸蟹都是出类拔萃的,这和戏曲学校一样,说起来是一样的课堂一样的老师,并不是每一个毕业生都是字正腔圆,都成名角儿的,有的只能跑跑龙套,有的只能去当票友了。

大闸蟹呢,应该是一样的品种,一样四季分明常年气温变化缓和的太湖,但水底下的结构是不相同的,比如东太湖水草茂盛,种类繁多,底栖生物丰富,而且养殖水面广阔,所以这里出产的太湖蟹品质要相对优秀许多。

好比是两个孩子,一个贫困家庭,四世同堂却只是居住在三十多平米的老房子里。另一个家境小康,三口之家住一百多平米,他们各方面的条件明显是有区别的,人还可以发愤图强逆境中奋起,蟹却只好认命啊。

人无高低贵贱之分,蟹还是存在优劣好坏的区别,质地比较差的蟹,自己内心已经自卑了,再去说道实在是于心不忍,这些蟹比较合适做蟹粉小笼、蟹粉豆腐,也是物尽其用了。现在我们拿东太湖的蟹来说事,就是我面前竹木提篮里的大闸蟹,它们个个都是丽质天成,所以最好的吃法就是素面朝天。

所谓素面朝天的吃法,就是清蒸之后蘸姜醋,这是对优秀的大闸蟹,最好的交代。

生在苏州有时候会觉得很累,昨天还在阳澄湖吃蟹,今天又到太湖来吃蟹了,因为太湖蟹,我去阳澄湖时,觉得是在婚外恋,因为阳澄湖蟹,我去太湖时,又觉得是在偷情。文人都是心地善良的人,其实是没有什么的,好比你遇上一个对象,一阵恋爱之后也很投机,然后谈婚论嫁,这时候你肯定要了解一下,她籍贯是哪里,但这个籍贯和她为人如何,和你娶不娶她都不相关的了。

胥城奥灶面

如果说园林昆曲小桥流水是苏州的硬件，传统面馆里的一碗面，可以说是苏州的软件。我走的地方不多，不敢说苏州一碗面是天下第一，但进入前三名（含港台），应该还是比较有把握的。

老苏州各人有各人定点吃面的地方，我去得多的就是胥城大厦，胥城一碗奥灶面，很对我胃口。

奥灶面是昆山特产，几年前胥城买来了配方，奥灶面相当于大学毕业，在苏州找到工作然后安家落户的新苏州人，没有多久就在我们的生活中生根开花了。

好面首先要一有个好出身，就是在加工生面的时候要多轧一遍，多轧过一遍的生面，下好之后吃到嘴里是有蕊子的，所谓蕊子，仿佛气节。但出身是先天的，真正重要的，还是后天的功夫，那就是汤水。苏州一碗面之所以好，好就好在汤水，那是由文火煨着鸡鸭鱼肉，慢工出细活煨出来的，一般还要放黄鳝骨头，倒不是完全为了吊鲜头，黄鳝骨头有粘性，粘住了汤水里的粒屑，汤水看起来就特别清澈了。

胥城奥灶面汤水中的原料还要多一些，故而滋味更加厚实和丰富，一碗面也不是很结实，油水略重，大碗宽汤，真是很上谱。

现代人讲究清淡，面却是应该油水略重一点的，因为面是碱性的，和了油水就滋润了。其实清淡是不能一概而论的，美食更是讲究个淡妆浓抹总相宜。有人教条地对待，一知半解地认识健康食品，结果却是和自己的嘴巴过不去啊。

还是说胥城奥灶面，有一回我南京的朋友范小天顾小虎去上海，经过苏州时刚好午饭时间，就从高速公路上下来，约了我一起去胥城吃奥灶面，然后再继续上路。到晚上又打电话来，说要回南京了，经过苏州吃夜饭，还是定在胥城吧。

他们就是为吃奥灶面来苏州的，奥灶面的面子比朋友大，朋友即使想到了，看一眼也就过了，我活了大半辈子，还没遇到过外地朋友，一天来苏州看我两回的呢。

记苏州美食

胥城大厦二十年生日，要把二十年来经营的冷菜热菜选择出一部分，编辑成一本小册子。这是很好的纪念，我们文人也是从生活的菜场里，将原材料带回家，然后在书房里加工一下，做成一个文章，写了一阵子，选出一部分编辑成书，这一套至少说明，烹饪和写作，基本上是姐妹艺术啊。

只是"记苏州美食"这样一个题目，却不是三言二语说得清的，夸张一点讲，当一部书来写，还要分上下册呢。所以我现在的文字，只不过是一个梗概罢了。

说起苏州美食，首选要提到的是苏州的物产，苏州的物产实在太丰富了，你要一年四季一一道来，就是半本书的内容了。巧媳妇难为无米之炊，这应该是其他地方的俗话，在苏州你只要是巧媳妇，就不愁没米。

一些人呢，天生就是巧媳妇，她的妈妈是巧媳妇，她的奶奶也是巧媳妇，她们家就是巧媳妇世家。还有一些是混在人堆里的媳妇，她本身没有巧媳妇的素质，也没有当巧媳妇的志气，她的成长，完全是因为摆在面前的这么多的物产，完全是因为一个地方的风气。当巧媳妇们蔚然成风并且将苏州的物产打理得井井有条，这一方水土看上去，是那样的酒足饭饱，是那样的心满意足。当然我这里指的巧媳妇，不完全是那些嫁到婆家的女儿，我是一种泛指，泛指广大苏州儿女。

除了丰富的物产和众多的巧媳妇，更重要的一个特点，就是苏州人对美食的追求和欣赏。还是用文章的说法，就是苏州美食具有广大的读者，这真是太水涨船高了。当年乾隆皇帝下江南，在苏州听了王周士的评弹，觉得意犹未尽，就很一不做二不休地将王周士带回北京去了。王周士在皇宫里说书，十分地别扭，乾隆听起来，好像是基层干部在向上级领导汇报工作，大家都是没趣，为什么呢？评弹就是一呼百应的艺术，两个人坐在那，只能是促膝谈心啊。美食呢，其实也是这么一回事。

随着时代的发展，饭店里的吃吃喝喝多了，至少原来逢年过节家庭里的欢聚一堂都放在饭店里进行了。如果说家庭里的巧媳妇，就是在自己博客上写作的话，饭店里的厨师，相当于为《苏州日报》副刊写的文章，看的人要多一点吧。人多了就有众口难调这个问题。我很喜欢胥城大厦的奥灶面，有一阵觉得汤水变得清淡了，我把这个想法向胥城大厦的老总朱巍提出来，朱巍说，有一些顾客提意见，说是汤水太油了，所以我们作了一些改进。然而没多久，奥灶面还是改回来原来的味道，我想像我这样感觉的人，应该也不在少数。饭店讲究的是守株待兔，俗话说百姓百心，众口一词是不可能的，树要是挪来挪去，反而没有兔子撞上来，而且费了手脚还是吃力不讨好。

现在好多人都有自己比较固定的饭店，闲时节日呼朋唤友地聚一下，这一个瞬间，这一家固定的饭店，就是自己另一个家了。比如我，固定的饭店就是胥城大厦了。

红烧肉

前几天盛老师发给我一则手机短信,说是沙和尚对孙悟空说,大师兄,今年市场上二师兄的肉,比师傅的肉都值钱了。这是在拿最近一阵子猪肉紧张说事呢。正好中央电视台播出一条新闻,说是国家鼓励养殖基地和专业户要多养猪,满一定数量,国家就要奖励,具体的数字我记不得了,反正是一句话,优生多生。

真的不能想象,要是没了猪肉,我们平常的日子怎么打发,无论是饭店还是家里的一日三餐,可以说猪肉撑起了半边江山,而在各式各样的吃法中,红烧肉是最为普遍和经典的一种,打一个不恰当的比方,所有的烹饪方法要是春节联欢会的话,红烧肉就是小品演出,你能想象没有小品的春节联欢会吗?

我小时候应该是一个肉丝时代,大家普遍收入不高,而且家里兄弟姐妹多,那时又不讲计划生育的,我们巷子里有个邻居,只生了一个女孩,女主人在我们面前,一直流露出不好意思的神情,说她是要求进步的,只是老公什么什么,我当时年纪太小,具体细节也不是太明白了。

另一点当时猪肉是凭票供应的,所以一个月几乎也摊不着一次红烧肉。印象中在我们家,每年十二月二十六日,父亲都要烧红烧肉的,那一天是毛泽东生日,中午家里吃面条,红烧肉是面浇头。所以现在我自己和家里人的生日我都会忘记掉,但毛泽东生日却一直记着。回想起来那时我应该是脑子比较灵活的孩子,因为我曾经问过父亲,毛泽东阴历生日是几号?我们要不要也祝贺一下。

一般家庭里,红烧肉要放好多汤,然后将这些肉汤来烧豆制品或者青菜萝卜,冬天里红烧肉的肉汤烧大青菜,是一道好菜。那些豆制品和青菜萝卜,傍上红烧肉这个大款,几乎以为自己也是荤菜了呢。

其实真正的红烧肉是不放水的,而是以大量的料酒来代替的。有人说放这么多酒,还不成酒糟肉了,不是这么一回事情,酒精在烧肉的过程中,基本挥发掉了,留在锅子里的,是一股香味。可以说放酒还是放水是会不会烧红烧肉的一道分水岭。当然还有人家在烧红烧肉时放入话梅和红枣,这些无非是增加一些意外的气息,是伴奏中多加一二件乐器而已。

不久之前金庸老先生到苏州来,苏州人请他吃的红烧肉是放在砂锅里焖出来的,这在滋味上更加纯粹了,用一句武林中的说话,这是有内功的红烧肉了。

我是将近年过半百的人了,但吃红烧肉的爱好一直保持着,平常的一日三餐,看到饭桌上的红烧肉,心里就觉得很踏实。但快餐店里的红烧肉,我是不碰的,快餐店就是放水烧了,这样可以在顾客的饭里加一勺肉汤,另外快餐店是急火文章,那些红烧肉怎么看,也是一副未老先衰的样子。

纸上滋味

一年去二次阳澄湖边

这个题目是一句广告中套出来的,写文章讲究另辟蹊径,这回为什么很明显地走到别人的路子上去呢?最近正好在说节约能耗的事,我们做文人的,虽然不在生产第一线,也应该以自己的方式响应一下。

去阳澄湖边,肯定说吃蟹的事情了,实际上一年二次不止,二次保底,上不封顶。这是沿用现成说法的坏处。

秋天是我一年之中最生龙活虎的季节,为什么呢,就是因为大闸蟹。我母亲也特别喜欢大闸蟹,没想到这也能遗传,基因这东西,真是太奇妙了。

再回到去阳澄湖边的话题上来,头一回差不多是八月份吧,正好是"六月黄"上市的当口。我曾经在一本书上看到,"六月黄"是指七八月间上市的隔年陈蟹,这个说法我却一直没有能够得到验证,因为我见到的"六月黄",全是正在生长中的小蟹,相当于小学毕业刚进初中的未成年蟹。

今年八月初,朋友约我们去了阳澄湖边一个名叫"美人腿"的风景，这真是一次很开心的吃喝，除了"六月黄"，还有野生的甲鱼黄鳝之类。"六月黄"虽然个子小，但已经很饱满了。朋友还告诉我们，区别野生和饲养甲鱼的方法，野生甲鱼油是金黄色的，饲养的是白色的。后来我在另外一个地方，也有人告诉我，野生的身强力壮，一下子能翻过身体来，饲养的反在那儿，完全是力不从心的无奈。那一天大家饱了口福，我还即兴写了一首小诗"六月黄，甲鱼汤，野生好男和超女，阳澄湖边最风光"。

"六月黄"最好的吃法还是清蒸，按照大闸蟹的规矩来，其次也有烧油酱蟹或者炒年糕。现在社会上饭店多，大家创造性的思维也丰富，我的朋友发明过一道"八宝汤"，将"六月黄"加上黄鳝、甲鱼、河虾、火腿之类炖汤。这就是典型的毛主席当年批评过的眉毛胡子一把抓啊。要在从前，大家可以一边喝汤，一边开现场批斗会的。

然后没多久就是霜月秋风，真正的大闸蟹上市了。我的书法老师就在阳澄湖边工作，我就打电话给他，约定吃大闸蟹的事情。老师是很乐意地安排，因为一个对吃喝兴致勃勃的学生，一定是热爱生活的，热爱生活是写好书法的基础，而能够指挥老师的学生，基本上已经是情不自禁地露出了青出于蓝的端倪了。

蟹八件是吃大闸蟹的工具，现在经过精简之后，留下了二到三件，但我吃蟹时从来不用这些玩意，吃蟹的饭桌又不是车、钳、刨的机床，用工具会减少好多乐趣。我还有一个要求，吃蟹时不要讲太长篇的话，人家一心要剥蟹，还要装出来听你说话的样子，这有点给人添麻烦的意思的。反正大自然将蟹放到我们面前，我们不能辜负了季节，更不能辜负了蟹。

纸上滋味

家乡菜

不久前的一天,两位姓陶的老先生找到我单位里来,他们是为寻根问祖而来,他们说我是姓陶的有名气的人,他们要打听有关家谱的事情。

两位老先生是坐了火车赶到苏州来的,之前已经去了苏州档案馆,他们这样无私的奔波让我很感动,但我实在帮不上什么,我告诉他们,自己就是写写文章的小文人,和名人是毫不相干的,我要算了名人,其他姓氏的,一定会说我们陶家没人,我们可不能闹这样的笑话。另一点,根据我祖父和父亲的言行,可以肯定他们一直是很普通的市民,他们有劳动人民的很多美德,也有小市民的一些习气,他们一直为养家糊口而忙碌着,根本管不了修家谱的事情,估计原来要是有家谱,也被他们随便乱丢地遗失了。

我只晓得我的曾祖父是金坛乡下人,他生了六个儿子,其中五个去了其他地方,我祖父到了苏州。祖父生前,每年春节都要回一次金坛老家,最后的遗愿也是落叶归根,就是葬在金坛陪老祖宗。我这一说两位姓陶的老先生马上告诉我，在南京找到的家谱中，记载着有一支姓陶的，在明朝的时候，从苏北的陶家洼，迁往江南金坛。我心里说，这就对了，难怪金坛老家的乡亲，基本上是一口苏北话。

我从小是我祖父带养的，故而一直要去金坛扫墓，和老家的关系也自然要更亲密一些。老家在金坛乡下，还没有通公路，所以相对比较贫困，村里面有一项政策，上交四百元，就可以搬到离公路较近的地方去居住。而一般人家，离镇上都要十多里路呢。

老家的堂叔见着我回来，自然是十分高兴，总是赶紧地杀一只公鸡，放了春节时候腌在那儿的咸鱼咸肉一起红烧，公鸡本来就体积大，加了鱼肉，烧好以后只好用脸盆来装了。

我在苏州是很少有机会吃到公鸡的，后来街上流行过一阵烧鸡公，因为是辣的，我也从没尝过。我曾经问过堂叔，说是母鸡下蛋是乡下人家的一项副业，而公鸡除了留种，也找不到其他用场了，就拿来招待重要的客人。人间有重男轻女一说，在家畜中，做公鸡也太悲壮了。

为什么是咸鱼鱼肉呢？一来不太富裕的乡村相对节俭，二来村子离集镇比较远，所以大部分人家都是一两个月才去一次镇上。鱼不是太好的品种，肉烧得也不太烂，但这一道菜，却有一种特别的风味。我在想陶家要是有重修家谱的打算，应该在附录中把金坛红烧公鸡的菜谱记录下来。

我要在清明时候回乡下去，还能吃到一道比较特别的菜，就是红烧肉圆。肉圆也是春节时候留下的，在锅里炸好之后，就浸在猪油中，要吃的时候，把油化一下。肉圆中好像还有榨菜一类的东西，吃起来很松，滋味也不错，前几年我们单位的小郁陪我一起去金坛，他一口气吃了五个。苏州人有个说法叫人家吃穷了，遇上这样的弟兄，就用得上这一句俗语了。

纸上滋味

菜饭

　　新米、霜打以后的大青菜、自家腌的肋条肉、猪油，猪油是菜饭烧好之后盛起来拌在碗里的。最好是农村里的灶头，好比喝茶要用紫砂壶似的，全是为了锦上添花吧，灶头上烧菜饭，火是渐渐熄下去的，先是没有明火了，但柴还是火红的，然后火的颜色在柴上缓缓褪下去，正好是一个恰到好处的焖饭过程吧，褪到人走茶凉的地步，菜饭就彻底好吃了。
　　市井里的菜饭是在煤炉上烧的，滋味要比灶头差一点，煤炉上烧菜饭，是很见功力的生活，菜和米混在一起，像是人流如潮的大街，有点杂乱无章，一不留心就夹生了。但我父亲是在煤炉上烧菜饭的一把好手，遇上他休息的日子，烧一顿菜饭，完了大家抹一抹油渍渍的嘴巴，连连称道。父亲就进一步摸索，使一道一道的步骤更加周到了。
　　父亲不操持家务，多干了一点活基本上就没有好脸色给大家了，有一次冬天了，父亲蹲在井边上洗衣服，完了一边晾衣服一边不开心，他说我为什么要生你们啊，这么冷的天，还要给你们洗衣服，真是何苦啊。我当时正好在做功课吧，其实不接话茬也就过去了，偏偏我从小就养成了碎嘴的习惯，我就抬起头说道，你这话太不对了，我们也不是打了申请由你审批了才来的，我们是在你没有征求我们许可的前提下，被你生出来的呀，但我们什么闲话也没说，按说理亏的是你呀，是不是？当时父亲很生气了，将晾到一半的衣服扔在脸盆里，什么话也没说就回房间里去了。但后来遇上吃菜饭的时候，父亲竟是很乐意地在井边洗菜淘米，这样的情形，仿佛一个不爱劳动的孩子，遇上了班级里的值日生，扫了一把地后，没料想第二天遭到了老师的表扬，他就来了做值日生的热情，老是盼着扫地，一拿上扫把，竟会意气风发精神抖擞起来。

有一次，是寒冬腊月里了，父亲对我们说，今天中午放学回来烧菜饭给你们吃，今天我要在菜饭里放香肠的。

劳动人民家庭，吃菜饭已经是超出预算的项目了，再放香肠几乎是很奢侈的行为了，那一天的菜饭吃得我记忆犹新，现在说出来也不怕丢人了，一方面自己是尽量多吃一点，撑得很饱了才依依不舍地将饭碗放下来，另一方面还很市侩地希望其他一起吃菜饭的家庭成员少吃一点，留下来到吃晚饭了，还有菜饭吃。

只是之后没多久，我们家就用上煤气了，是钢瓶装的那种，差不多一个月，父亲就要去换一次了，看到年富力强的父亲，扛着钢瓶走出走进，一个具有烧菜饭一技之长的尊敬长者，因为煤气而沦落成一个苦力，真是得失寸心知啊。

再后来我长大成人了，日子也随着改革开放的深入越发好过了，吃的东西也多起来了，灶头和煤炉在日新月异的城市里，几乎是看不到了，菜饭也渐渐淡出了，我就像一个辛亥革命以后的落第秀才，一方面随着人流走向新生活，一方面心里面还存着已经废除了的科举，想到菜饭的时候，总是有点失落的感觉。

老虎灶和大饼店

老虎灶是设在街头巷尾的茶馆,街坊和邻居上老虎灶喝茶,一般都是自己带一只杯子,杯子里放好茶叶,开水就老虎灶上就地取材了,开老虎灶的也不另外收费了。洗澡的水都要上老虎灶去打,喝能喝掉多少呢,俗话说开饭店不怕大肚子,开老虎灶更不怕茶客了。

苏州人在平日里买进卖出时,遇到一堆的零钱,总要说上一句,赛过开老虎灶的。

上小学前,我和祖父祖母一道住在仓街,我们屋子对面的一家人家,就开着一爿老虎灶。老虎灶养五个女儿,梅花、兰花、菊花、春花和秋花。

邻居说,刚好是五朵金花呀。

老板说,五子登科还好说说,五朵金花有啥劲道?

"嫁出女儿泼出水呀。"老板娘说这话的时候,刚好从汤罐里舀起一瓢开水灌进漏斗。

老虎灶的生意,傍晚时候就忙起来了。七月里热烘烘,下了班也懒得在煤炉边上呆更多辰光。腊月时煤炉上的火是一副慢吞吞的样子,而到老虎灶上去冲汤婆子要爽快得多。

再晚一点,生意清了,老板就坐在灯下,打开装钱的木盒子,一五一十有滋有味地清点起来。

老板自然也是老茶客了,茶是泡在很宽大的瓷壶里面的,并不是太好的茶叶,却泡得很酽,有人来泡水,要在老虎灶坐一坐,老板就倒一杯茶招待他。

老虎灶的春花要出嫁了,邻居都来祝贺,小孩子也来凑热闹。起哄的时候,我被人家挤倒在砻糠堆上了,小女孩就过来扶我起来。

这个小女孩就是秋花。

"我不出嫁的,妈妈说我要招女婿的,妈妈说要把老虎灶传给我呢。"秋花说。

我当时还是小男孩,也真不知道如何回答。

"你肯不肯呀?"秋花问道。

"什么?"

"你到我家来,我和你一道开老虎灶。"

"我不行,我碰了砻糠浑身要痒的,妈妈说我是皮肤过敏。"

"那我来烧火泡水,你就晚上数钱,好不好?"

"要不我回去问问我妈。"

回到家里我就忘记了,后来小女孩也忘了这个事。再说起童年,似乎老虎灶仅仅是老虎灶了。

接下来就是大饼店,大饼油条是很传统的早点。

说起大饼油条,就要说到我的舅舅,舅舅去的这一爿大饼店有很大的店堂,舅舅每天清早去喝茶,一手提着热水瓶,一手拿一只搪瓷缸,天刚刚擦了一点点亮,舅舅就出门去大饼店了。

纸上滋味

老苏州的说法是早上皮包水，下午水包皮，皮包水就是喝早茶，按照老茶客的说法是要喝通了，才能开始一天的营生，喝通以起身去小便为标准，这也是比较形象的。

　　皮包水我原来以为只有苏州才有，后来看书发现别的地方也有，也说要到喝通为止，真是英雄所见略同。水包皮是洗澡，这个说法好像只有苏州和扬州才有。

　　舅舅喝通以后，就要一付大饼油条。老师傅会在他的大饼里放更多的葱和猪油，因此更香更肥。有时候舅舅吃着吃着，想起外甥来了，就要老师傅再做一些，并且趁着热气，跨上自行车给我们送来。

　　母亲就来叫醒我和弟弟："舅舅送点心来了。"母亲说这话的时候，天还黑着。舅舅四点钟起床，到大饼店泡好茶，喝了二开以后，再吃点心，要是能想起我们，六点稍欠就来到了。这样的每月情况有二三回。

　　在书本上读到舅舅，或是在日常生活里自己及别人说起舅舅，我就会想起大饼油条，并隐约有滋滋的香味生出来，反之亦然。

　　现在我平时不习惯自助餐的早点，刚起床就面对琳琅满目的食物，有点儿不知所措，说起来一日之计在于晨，大清早就这么丰富和满足，在思想意义上也不利于一个人一天的进取，再要是一边吃一边聊天，不知不觉十点多，待大家吃午饭了，你腆着饱饱的肚子，无所事事，也很失落。

　　像好多的老苏州一样，我常吃的早点，就是大饼夹油条了。

　　油条要多炸一会儿，出锅后就折断，这样松脆的状态就保持好了。大饼不是电炉子烘出来的那一种油酥饼，它是不加油酥的，只用白糖或猪油和青葱。我偏爱的是后一种，将很多的葱，再拌以猪油细末，刚从通红的煤炉膛里拿出来，带点儿枯焦，还有一丝丝煤烟的气息，而更多的是芝麻和葱的香味。

所谓"人间烟火",大饼油条,可真是名副其实了。

不久之前,我还看到一张题为《大饼店》的老照片,这张老照片摄于五十年代,大饼店里的师傅全是女的,想起来应该是解放了,劳动人民当家做主人,妇女也翻了身,政府号召大家为建设社会主义出力。胖家庭妇女找到瘦家庭妇女说,我们不能再吃闲饭了,也要找些事干干的。瘦家庭妇女想了想说,要么开爿大饼店吧。

"社会主义好,社会主义好,社会主义国家人民地位高。"妇女们一边烘大饼氽油条,一边轻快地哼着歌曲。大饼店的生意很好。

落市以后大家聚到一起说说笑笑,赵钱孙李,家长里短,知无不言,言无不尽。星期三下午,政治学习读读报纸,胖家庭妇女是店主任了,她把大家的心得感想,一一记录在"工作手册"上。

日子连着日子,快乐而井然有序。

墙上标语写的是:"妇女今天称英雄,吓煞英美大总统。"

英美国家的领导人,肯定没有吃到过大饼油条,也不会为苏州小巷里的家庭妇女开了一爿大饼店而心有余悸。我认为写这样的句子原因有二:一、当时政治环境和宣传口径。二、押韵。

而我舅舅喝早茶的,肯定不是照片上那一家,老师傅也是男男女女都齐全的,要全是女师傅,他大清早放着懒觉不睡,跑去喝茶,纵然真的是老茶客,人家也会以为他是花花公子的。

我心里一直想着,要是能去老虎灶或者大饼店喝一回茶,对我比较拘谨和紧凑的人生应该会很有帮助的,坐在那样宽敞的大堂里,无拘无束大大咧咧,高声喧哗或者乘机骂两句粗话,这是多带劲的事情啊。但我没有去过老虎灶或者大饼店喝茶,待我长大成人,到了泡茶馆的年纪,这样的老虎灶和大饼店已经不多了。所以我是一个生不逢时的人。

纸上滋味

爆米花

爆米花的担子是挑在肩上的,一头是风箱,另一头是黑漆漆的炉子,炉子歇在肩上的时候,是一副沉默寡言的样子。爆米花的担子一般歇在巷子里比较宽敞的地方。爆米花的师傅,一边做着准备工作,一边时不时地喝一声"爆炒米哎"。这不是本地的口音,我们也听不出是什么地方的方言,但他的这一声调子,我们都能一下子明白。

一些机敏的孩子,已经聚到了师傅的摊子边上,师傅一手拉着风箱,一手转动着炉子,有好一会儿,停下手来,师傅说,"响啰",炉子就很听话"砰"地响一声。孩子们连忙着要伸手去捂住耳朵,却也是迟了,也或许是要有意听得更真切一点,也更开心一点。

我是比较迟钝的那种人,直到炉子的声音在巷子里响起的时候,才记起了去做大人的工作。

其实爆米花是花不了几个钱的,但对于节俭的人说起来,几个钱毕竟也是钱,比如我的母亲。

母亲说,吃闲食,浪费粮食的。

外祖母说，其实也不浪费的，吃了爆米花，饭就吃得少了。

母亲说，小孩子养成吃闲食的习惯不好的。

外祖母说，他饭吃得少了，菜也吃得少，反而更节省呢。

母亲就不再说什么了，她从缸里舀起二碗米，倒几粒糖精，包一个小包，再掏出一角钱，将这一些交到我手上。

一角钱是加工费，要不是自备糖精，就是一角五分。

我去的时候，巷里的孩子已经在爆米花的摊子前排成了一长条队伍，师傅就从风箱下面的抽屉里，拿出几本小人书来。小人书的数量有限，所以不能每个人都摊到一本，而拿到小人书的，有一种选上班干部的感觉。没有拿到的就凑上去一起看。这几本小人书大凡是老了旧了，但在爆米花摊边再看一遍的感觉，就是不一样。

也有空手而来的孩子，或许是大人不在家，或许就是大人不同意，已爆好的孩子肯定会抓几把在你手里的。

住在我们家隔壁的一个女孩子，她是一粒一粒数着吃，立在街当口，悠悠地一粒一粒往嘴里填着。

她比我大二岁，据说后来是去了美国，所以我没有再见过她。

江湖吃客当评委

　　木渎举办美食节，邀请了六位评委，三位专业评委中有烹饪特级大师刘学家，他们是职业队，相当于武林中的少林武当东邪西毒。另外三位是叶正亭、车前子和我，我们比较好吃喝，也有一些心得，却没有职业素养，基本是江湖吃客，混到烹饪圈子里，江南七怪都轮不上吧。我问叶先生车先生，他们先前有没有担任过类似评委，两个人都说没有，我也是第一次，这是我们的处女评。

　　当地饭店的厨师，将自己的拿手菜推荐出来，最后评选出十道品种。我看坐在我身边的刘学家，好多菜只碰一下筷子，有一道蒸饺端上来，他伸手将饺子皮撕一下，就明白就里了。老前辈真正做到了口中无饺心里有饺了，反过来说，在我们平常人看来，好端端的一个饺子啊，所谓女怕嫁错郎，男怕入错行，饺子就怕落在这样的评委手里。

　　我曾经和吴涌根刘学家一道吃过一次台湾点心，那些汤包烧卖实在不合我的口味，就直接表达了这样的想法。但吴涌根说，汤包上起码是二十个以上的皱褶，功夫到位的，又说烧卖也好，腰是直起来的，这应该就是所谓的内行看门道了。

相比较我的评判要直截了当得多,一是形状二是口感吧,是抓主要矛盾,说到底我就看吃到嘴里的滋味。有一家饭店参评的是三件子,我觉得做得很地道,就给了高分,但刘老说,这道菜不能给太高分,因为技术含量不高,说白了苏州的家庭主妇,烧起三件子,都能做出个八九不离十的样子。

三件子指的是鸡、鸭和蹄髈砂锅,往年冬至夜,我都要请老苏州茶酒楼的毕师傅烧一道三件子带回家,现在老苏州换东家了,毕师傅也去了石家饭店,所以今年的冬至夜,基本上是一个没有三件子的夜晚。

江湖吃客还有一个问题就是吃喝起来有点没心没肺,有一道一口酥的点心,是生得很小巧的油酥和盐蛋黄馅,吃上去有点像月饼,但和月饼又有区别,很对我胃口,就一下子吃了三个。这是一个很失身份的行为,我想当时的厨师和在场的木渎群众心里肯定在说,这哪是美食评委,分明是馋痨坯嘛。但吃得对胃口的时候,我才不管这一套呢,因为我们是快意恩仇的江湖吃客啊。

这一次声势浩大的吃喝行动,叫我留下深刻印象的是两道菜,一道是石家饭店的酱方,这道菜几乎和木渎一样著名了,我也吃过好几十回了,在品了几十道菜之后看见,依然能有食欲,真是魅力无穷。另一道是老鸭螺丝,红烧的,汤汁不多,滋味很鲜活。天底下就这么些个吃的,搭配其实是很有趣的学问,有了创意还要大家接受,和写文章差不多吧,所以我心里一直把厨师看做同行。

家庭厨房小顾问之阿姨

现在叫家政了,连带拖地板搞卫生。而我这里说的阿姨,就是烧饭烧菜的那种。

从前的阿姨分工较细,所谓干一行钻一行,容易出成绩,现在的家政笼统,更像是单位里的行政领导,从传达文件到卫生创建,从职工吵架到计划生育,都要管也都能做,没有了专项技能,到年底评先进的时候,还要占个份额,能够说得上的优点只是工作认真负责,不迟到不早退了。

从前的阿姨可不这样,从前周瘦鹃和文朋诗友们在自己的紫兰小筑里吟诗作画,见到池塘里的荷花,随口对阿姨说,今天烧一道荷叶粉蒸肉吧。我曾经问起过陆文夫,哪一家的阿姨印象最深,陆文夫说是程小青家的阿姨。可惜我没有这个口福啊。

前几天我去朋友家,到了吃饭的时候,朋友很客气地邀请我。其实之前好几次也是这样,但我都推托有其他事情回绝了。我再要回绝,朋友还以为我对他有意见呢。实在我是对他们家的阿姨有意见。前一个月我去他家吃过一次饭,是下面条,阿姨放了一大锅水,再在锅里放上味精和色拉油,说是待水烧开了,面放下去就行了。还说我们老家就是这样下面的。我是在人家家里,总要客气的,只好说阿姨你去休息一会,我来替你下面吧。

那一天坐下来,饭桌上倒有八九道菜,但看上去跟歪风邪气似的不顺眼,我几乎就吃了些四季豆,最后还一人有一碗汤,鱼片黄瓜。这两样东西竟然能搭在一起烧汤,还出来混阿姨呢。

这样的现象有相当的普遍性,做阿姨的觉得,我也不会做会计也不会打字,做做阿姨总行的吧。请阿姨的觉得,只要不用我自己烧饭烧菜就行了,就得过且过了。其实这些都是误区啊。改革开放市场经济发展到今天,怎么来做好阿姨的培训工作,应该提到议事日程上来了。

城西大馄饨

不好吃的东西大致相近,好吃的东西各有各的好吃。

龙泉最著名的风景就是龙泉山,龙泉山海拔一千九百多米,据说是江浙最高峰了。邀请我去的朋友是碧螺春集团的汤泉,汤泉说,去玩玩吧,四五个小时就能到,我们去吃一些山珍野味。结果从苏州到龙泉用了八个多小时,再坐到饭桌前,根本也没有野味,山珍也就是香菇了。汤泉看着我笑,他也是第一次,四五个小时和山珍野味,全是他朋友告诉他的。

一桌子的菜,配我胃口的真的不多,有两道凑合能吃吃,却是放了好多辣。这是山区菜的一大特点,他们恨不得饭里面也放一些辣椒水呢。偏偏我是不吃辣的,一点都不碰。最后我对服务员说,上一份泡饭,再给一点酱菜。服务员问我什么是泡饭?我说就是白粥,饭里面多放水,烧成稀饭。泡饭端上来,倒是白粥的样子,尝一下,竟是放了盐和味精,而且酱菜也是辣的,真叫人灰心到了极点。我想我就像一个被拐骗的妇女,山山水水赶了一路,然后来到异地他乡,和一个毫不相干的男人成亲。最后有机会趁着喝酒划拳的混乱溜走，心里还想着总算生米没有煮成熟饭，谁知道村口却是新郎的大哥和侄子把持着呢。现在真要见到这样的妇女，我和她抱头痛哭的心思都有。

第二天大家要去庆元看廊桥，我一点心情也没有，只想呆在宾馆里休息。中午的时候，找到一家小饭店，我对老板说，把你最拿手、平时大家点得最多的菜烧出来，不要放辣。老板烧了三道菜，却很难说出名字，我现在只记得有一道叫鸭肠什么或者什么鸭肠。龙泉菜第二个特点是混在人堆里的样子，其实菜和人是一样的，轻易不要搭在一起。我倒想起一句题外话来，苏州的好多菜馆，老是喜欢用胡萝卜做点缀，这真是很要命的一种做法，烧熟的胡萝卜，天生一副贱相，口感也很差。中餐里就没这号菜，西餐里胡萝卜用得多，这是外国人的事，外国人说胡萝卜营养好，只能由着他们了。我要对商场说，做军火挣钱，他们也不能把机枪放在家电柜上卖呀。

回过头来说这三道菜，乱作一团不说，厨师还是放了辣椒。我说不是叫你不放辣吗？厨师回答我说，不放辣怎么烧呀，我还只放了一点点。我说要不你就替我烧一份蛋炒饭吧，多放二只蛋，多放一点葱。没一会蛋炒饭好了，厨师竟然在饭里放了酱油，葱是起锅之后，撒了一大把在碗面上，我真是作了孽，要遭受这样的报应啊。

我们第一天到龙泉吃过晚饭，已经十点多了，我肚子依然饿着，就去街上走走，靠在宾馆附近，有一家小吃店叫"城西大馄饨"，我就进去要了一碗。酱油汤里放了些紫菜，馄饨馅心就是鲜肉芹菜。我要老板别放辣，吃起来比较配胃口，我的心情，仿佛他乡遇故知。

纸上滋味

逯耀东

我的藏书差不多有五千多册，最近我在整理自己的藏书，发现我读过的，竟然不到五分之一。这让我的心思十分失落，平时走出走进，看到满柜的图书，感觉自己似乎是满腹经纶的饱学之士，说话写文章也比较自信，比较有底气，一旦明白过来不是这么回事，这个打击对我真是太大了。

一开始我只是想把这些图书放放整齐，后来觉得既然不看，这些书搁在那也没意思，不如处理了吧。说实在的，像我这样的小知识分子，家里放个千把册图书足够了。

我想到将这些图书送人。但就是这样随便拿几本送给朋友，也太没来由了，我就签上作者的姓名，以签名本的形式拿出来，好多人还是比较欢迎的。当然古书就不能这样做了，人民文学出版社出版的《三言二拍》，你就不能签冯梦龙，一般这样的，我都签车前子，他书读得多，文章写得好，粉丝也多。

我是要说逯耀东的，半天还不见主题，跟堵车似的绕不出来了，这也是读书不够的直接后果。

逯耀东是台湾著名美食家，我手头有他写作的《肚大能容》，我记得应该有他的名片，名片上好像是书法名字，就想到要找出来，照着临摹在书上。本来下家都想好了，叶老师正好工作调动，我就将这本书以礼品的形式送给他。结果找了半天竟然没有，我就很泄气地坐下来随便翻翻。看一看书中有关苏州的文章。

逯先生的文字可谓朴实无华，说到一道名菜，一个地方，一位名人，都有比较详细的背景文字，他像一个在你出门时怕你走丢而反复叮咛的老人。这样的文字，还是很对我胃口的。但是引起我关注的，倒不是逯先生笔下的甜酸苦辣，逯先生的青少年时代，居然是在苏州度过的。他说起了好多从前旧事，还有就是现在的滋味，和从前的对照，真是太有意思了。

好几年前的一个晚上，我在新聚丰吃饭，好像是散席了，下楼出门的时候，新聚丰的朱老板叫住我，向我介绍了坐在堂口小酌的逯先生。

逯先生听说我在《苏州杂志》工作，就说起前几天还去了陆文夫那儿，然后交给我一张名片，说是自己住在乐乡饭店，还要在苏州呆一阵，有机会可以联系。但后来我没有去拜访逯先生，其实当时已经买回来《肚大能容》一书了，却没有好好看过。过了一些时候，听到一个消息，说是逯先生去世了。

逯先生好像是台湾东吴大学的教授，好像是历史专业的，曾经是苏州大户人家的公子哥，爱好文艺，组织剧团，参加演出，还创作过诗歌。后来有了美食的声名，在学校举行美食讲座，竟是座无虚席，似乎比听历史课的学生更多呢。

我的岁月也会在吃吃喝喝，读读写写中老去，也会独自一人在饭馆小酌，也会遇上个把舞文弄墨的年轻后生，也会给他一张名片。怎么老是会有很多人在重复着一样的经历啊。

所以我要把《肚大能容》收藏起来了，这是我一千册藏书之一。

纸上滋味

新南腔北调集

这个稿子是在南京写的,作家和运动员不同,运动员老是走南闯北地比赛,而作家基本上在自己家的书房里写作,所以主场作战习惯成自然了,换了一个地方,好像再婚似的不适应。

我的儿子和车前子的儿子都是十中高三的学生,他们有志于影视行业,说是要报考南京艺术学院,我认为我儿子想象力一般,就比较婉转地说,艺术靠的是天赋和勤奋。我儿子很认真地说,自己已经占了一条,我还以为他要说勤奋的,结果他说是天赋。我还能说什么呢,正好有老车搭道,陪着到南京来,这一晃竟是半个多月过去了。我和老车都是老艺人了,两个孩子如果考上了,还真是应验了子承父业这句俗语了,还好我们是搞创作的,我们要是搞航天嫦娥的,这两个孩子不是更让人操心吗?

我是要说吃喝的,一扯上孩子话就多了,苏州人有句俗话,到什么山砍什么柴,要不就说说我们在南京的吃喝吧。南京的地理位置决定了南京的吃喝有点亦南亦北。其实就是不南不北,但你要说不南不北南京人不开心呀，亦南亦北就有点兼收并蓄的意思了。

我们到南京的第二天，看见南艺后门口有一个卖梅花糕的摊子，摊子前明显写着苏式小吃，梅花糕的式样和做法也和苏州的仿佛，不同的一点是，师傅在梅花糕上撒了好多小圆子，这一项改革还真有道理，梅花糕作为点心的身份淡化了，吃饱肚皮的意识却加强了。

做梅花糕的师傅还年轻，是一副对生活心满意足的神情，人也和气，我们在等着新鲜一锅的梅花糕出炉，师傅就和我们说三道四。一会儿话语冷了，我觉得有点不好意思，就指一指身边的老车说，他是来报考南艺表演系的。老车很矜持地点头一笑，师傅看老车的眼光更亲切了。

我们住在南艺边上的一家酒店，应该是城市比较边缘的地带了，杂七杂八的吃喝很多，值得一谈的却几乎没有。这几天我也一直在想着《苏州刊》"纸上烹饪"的文章，我还暗自庆幸自己亏得生在苏州，才能写出来这么多的吃喝，从这个意义上说，生活是创作的唯一源泉，这话还真有道理。

我一向不出远门，主要的一个原因，就是外地的吃喝自己做不了主，最初我仅仅是好吃，现在要写吃喝文章，从一个自发的吃喝者，成为一个自觉的吃喝者了，就是说为了广大读者，我也应该吃得更多吃得更好啊。

我们先是把一日三餐化整为零，这个零是零碎吧，少吃多餐，感觉是什么都尝尝，这样始终怀着一个希望，就是下一道可能是可口的吧。但周围的伙食实在不能将就了，这个有点和婚姻差不多，遇上吵架的夫妇，局外人总是劝和不劝散的，其实好多事情真是甘苦寸心知啊。于是我们就情愿多走一些路，把吃喝的范围扩大了，这一扩大，竟然开出了另外一番天地。

新南腔北调二集

《南腔北调集》是鲁迅先生的作品，我这里说的新南腔北调，指的是南京的饭菜，集就是集中的意思吧，二集要说人了，这个人就是诗人老车。

上回说到，我和老车陪同各自的儿子去南京考试，十多天吃的全是宾馆附近的饭菜，大家实在受不了了，就叫来出租车，上别的地方去吃喝了。

原来我们常去的一家快餐店，差不多有二百多个品种，我第一次进去看账台上的招牌，以为是一首长诗呢。我们坚持着吃了几天，最后再也挑不出吃什么了。说起来家里的一日三餐，也是几道菜在翻来翻去，却能让人有滋有味，一辈子也不厌倦，这里面的道理，快餐店肯定没想过。这家快餐店还有一个我看不懂的地方，明明开在南京，店堂里张贴的却全是宣传镇江小吃的广告，什么锅盖面呀，什么镇江三大怪呀，难道他们也知道自己的出手太平平了，怕顾客说闲话，让镇江人去背黑锅了。好几个月前的一个深夜，我和报社的一位朋友一起去阊门附近的一家粥摊喝粥，朋友看到摊头上的豆浆，非要叫上一碗，然后一边喝粥，一边喝豆浆。我只好比较大声地对他说，你从上海到苏州这么多年了，习惯还没改掉啊？完了之后他问我，为什么说他是上海人呢？我说我可不愿意苏州人被人家说三道四。这家快餐店倒是和我一样的路数。

谁知道出来找饭店，看上去选择的余地大了，其实却是更加为难。这跟相亲差不多，经人介绍第一次见面，毕竟是一对一的对症下药，现在搞万人相亲，热闹了半天，反而有可能什么也没着落。

一路过来，我们父子四个，起码有四个以上的主意。我一直关注的是有附近地域风味的菜馆，老车却是坚定地否认，他喜欢的饭店，全与几千里以外有关，云南、贵州、四川、湖南等等，然后每次进了这样的菜馆，他总是抢过菜谱，有点如数家珍似的点菜，那些我听都没听过的名字，他叫起来，好像就是喊着少年伙伴的小名。老车生在苏州，后来又去了京城，但我觉得，老车的籍贯不是苏州，也不是北京，老车的籍贯是祖国。

我们还去了一家几乎没有一点生意的饭店，大家本来想转身离开的，但看到服务员殷切的目光，我们真是有点不好意思，一致决定就坐下来对付着吃点吧。完了我问服务员要个餐巾纸，服务员很歉意地说，不好意思。这时候老车却不声不响地在口袋里掏一会儿，然后发给每人一份餐巾纸，我只看到我那份上面的字样是"澳门豆捞"，我儿子那份上面的字样是"老苏州茶酒楼"。我还想问服务员要个牙签，老车又从口袋里掏出一个雁荡山什么饭店的牙签，还说了一句没用过的。

两个孩子似乎有点暗暗想笑的趋势，我只好说，搞艺术首先要处处做个有心人，老车今天就给你们上了生动的一课。

我和老车是二十多年的朋友，无论是艺术还是人生，我从他身上，学到过不少东西，现在我们都是人到中年，我以为自己学得也差不多了，这一次南京之行，才知道我学到的只是冰山一角，所谓学到老学不了，说得有道理的。

我的理想

今天去震泽参加太湖农家菜美食节，吃到了很有风格的震泽农家菜，我有点冲动地想到，要到震泽去开一家饭店。

我的朋友在震泽承包了一个小农场，养一些鱼虾，养一些鸡鸭，种一些蔬菜，我要抽空和他去谈一谈，希望他成为甲方代表，成为我的合作伙伴。做饭店生意，原材料太重要了，按照袁枚的说法是"物性不良，虽易牙烹之亦无味也"。有可能的话，我希望把我的儿子派到农场去工作，让他先熟悉一些环节，反正将来饭店还是要传给他的，好多百年老店就是这样来的呀。

接下来我还要开一个培训班，为自己的饭店培训一批厨师和服务员，是半工半读形式吧，第一年的半工就是参加农场劳动。为什么男女交往讲究青梅竹马？就是大家相伴的时间长了，有感情了。一开始就培养厨师和服务员对鸡鸭鱼肉青菜萝卜的感情，真是很重要的。第二年第三年的实践，就是去其他各大饭店，看看我们的同行是怎么做的，有哪些过人之处，有哪些差强人意，主要还是看有什么不足，拿袁枚的话来说是"为政者兴一利，不如除一弊。能除饮食之弊，则思过半矣"。这是对自己学习最好的检验，读书本来就是为了今后的工作和生活嘛。

培训班的政治思想文化学习也不能放松，时下各类读本熙熙攘攘，所以有选择的阅读尤其重要，我觉得作为我的员工，看一份《苏州杂志》，看一份《文学报》就够了，这是他们老板的主要读物，这样起码是干群一致了。

有关专业培训，我也有一些自己的想法，好比是高考考生，复习资料堆了一大堆的，不一定就能取得高分，扎扎实实读好一二本书的，反而录取了一本，我要选择的一本书，就是袁枚的《随园食单》，顺便说一下，我初步打算自己的饭店就叫"随园"，然后在《随园食单》上选择一些冷盆热炒做一份菜单，我的员工培训的就是这个内容，这是学以致用的经典例子了。

我还要去新闻出版局申领一张内部准印证，办一份名叫《随园》的报纸，这是我的拿手活，《随园》头版显要位置，我要开一个专栏，要是想不出更好的名字，就继续叫"纸上烹饪"。"纸上烹饪"主要是我和顾客的交流，我的第一篇文章已经想好了，题目就叫《耳餐和目食》。耳餐和目食也是袁枚的说法，耳餐说的是为了表示排场，一味地追求高档名贵，目食说的是为了表示客气，荤菜素菜点了一大堆，这也是"随园"对广大顾客善意的提醒。

我还想到两个小问题，就顺便说一下了。第一是随园不另外收服务费了，这项费用我自己也一直不习惯，你收了服务费，要不要收房租费？要不要收餐具使用费？第二点就是开瓶费，买卖要的是你情我愿，要是婚姻登记处非要你买他开发的房产怎么办？要是房产商非要搭女朋友给你怎么办？反正我是话说在这了，坚决不收这一类费用，资金上实在周围不过来，我就写文章，多拿一点稿费，贴补饭店经营。

纸上滋味

叶老师

蓝色书店吃年夜饭,叶老师也去了,他从娱乐圈调到学术界工作之后,我们还没有遇到过,饭桌上见面,自然十分开心。

叶老师是很资深的美食家,文章写得也好,他写的有关吃肉吃鱼的文字,向《苏州杂志》投稿,陆文夫看了以后,批了一句"很有趣",还关照请他多写一点。我是这些文章的责任编辑,老陆表扬叶老师,我也有光彩。

大家平时和叶老师一起吃饭,基本上就是参加烹饪家教,就事论事的话题是这道菜的刀功火功咸了淡了,触类旁通的说法是这道菜引申出来的风土人情天文地理,顺便还要说到服务态度和操作要领。

不少人和叶老师一起吃饭是很受启发,他们原来到饭店里来,是参加物质文明建设的,却意外得到了好多精神文明的修养和财富,差不多就是遇上了天上掉馅饼的好事了。也有人觉得叶老师有点三纲五常,好像他的嘴巴带到饭店里来,不是用来吃吃喝喝的,而是用来说长道短的。比如叶老师的兄长,说起来我要叫一声师伯吧,师伯就明确表示,和叶老师一起吃喝有点吃力，说是自己的兄弟太烦了。然后下一次大家聚在一起，叶老师依旧是我行我素的样子。我个人认为美食普及任重道远，就应该像叶老师这样苦口婆心，话再说回来，叶老师多年来养成了这样的作风和习惯，原则上只能适当修正，你要他一下子换成另外一个样子，这是很强人所难的想法啊。

我和叶老师在一起吃喝的还是比较多的，叶老师有关吃喝的言论，我不是太往心里去的，为什么呢，因为我也要写一些美食文字，我要听得多了，相当于窃取商业机密，这是没有职业道德的行为，我要真这么干了，估计一次二次叶老师不会和我计较，日子一长，叶老师未必就没有想法。前几天我还从电视中看到，一家药厂用了另一家药厂的配方，最后打官司，那个药剂师还判了三年呢。

但叶老师说起和美食不太有关的故事，我还是要记下来的，那天在饭桌上，叶老师说起他夫人，就是师母吧，每天快要下班的时候，师母总会发个短信给叶老师，短信的内容只有一个问号，叶老师要是不回家吃晚饭，回信一个句号，叶老师要回家吃饭，回信一个感叹号。

"看到感叹号，她就会很开心地去买菜烧菜，买条鱼呀，买点蔬菜呀，看到句号，她心里就很失落，看看冰箱里的东西，有什么吃什么了。"

叶老师饱含着深情说了这一番平常的话语，这叫我十分感动，我觉得这番话比他所有的美食言论都精彩，所谓天伦之乐人间真情，那是天底下最美的美食啊。

我还联想到另外一个话题，快要过年了，好多人家都上饭店去订年夜饭，看上去是省力省心了，其实未必合适，这一年过去了，却不是一个句号，而应该是一个感叹号啊。

回家过年

这几天接连参加了两次写春联活动,一次是去农村,一次就在市区里,我还希望组织上安排一次去部队干活的机会,这样作为一名省书法家协会会员,报答人民群众的愿望,基本上就落实了。

全是吉祥的话语,一笔一划写出来,感觉是这回又要过年了。过年最大的主题就是吃年夜饭,回想起来自己长大成人之后,年夜饭基本上是在饭店里吃的,这是很混在人堆里的方式,熟悉的人还要敬酒,对方有老人坐着,还要毕恭毕敬一点,想想这一年都是趾高气扬过来的,临到过年了,却装起孙子来,真是犯不着啊。当然我这样想实在是欠修养的表现,文明礼貌本来就是应该的品德啊。说到底要是吃得好一点,装回孙子又有什么呢。问题是这么些年来,我几乎没有吃到过正儿八经的年夜饭,大部分是开会时工作餐的感觉,冷菜是冷的,热炒也是冷的,大家在同一时间聚在饭店里,生意太好了,主观上有点皇帝女儿,客观上也的确是忙不过来啊。陆文夫生前去一家饭店吃饭,厨师听说是美食家来了,打过招呼以后就问老先生有什么讲究,老陆只说了一句话,菜要一道一道下到锅里去。说得太平常了，却是经典的真理，我甚至觉得，老陆对于美食的贡献，首先是小说《美食家》，接下来就是这句话了。家常菜为什么好吃，就是因为一道一道下锅起锅，年夜饭为什么不行，五六份虾仁一起炒，明明是优秀的独唱演员，偏要让她混在合唱团里，对于演员和听众，都是很大的损害啊。

在饭店吃年夜饭，看上去是省力省心了，实在过年前头一家老小风风火火地忙碌，那是很人间烟火的快乐。我父亲退休前在火车站工作，估计和乡镇联系较多，过年能收到好多青鱼，做了熏鱼，再腌起来一些，还能多好多条，就拿了送给邻居。前几天我坐在朋友车上，朋友随意变道，违反交通规则，我一看把我们拦下来的警察，竟然是我们邻居家的女婿，他们家可是年年吃到我父亲送的青鱼的。当然他是不认识我的，那时我还是个中学生。我赶紧说你不是某某的老公吗，我们原来是邻居啊。警察面无表情地说，那是我前妻，请你体谅我，哪怕是我现在的老婆，违反了交通规则，一样要处理的。

鱼尾巴红烧后冻在那儿，这是留在大年夜吃的，说起来是有头有尾。除了鱼的事情，还要做小蛋饺，做红烧肉烧笋干。大人做蛋饺的时候，小孩子多半在边上，等着吃做坏的蛋皮。但我父亲是高手，几乎只只成功，他本来不是个心灵手巧的人，偏偏蛋饺做得十分出色，邻居们见到了都夸赞他，这一来他做起来更小心，所以我从小就没有在煤炉边等吃蛋饺皮的习惯。另外我们家的红烧肉笋干也很出色，是一副沉得住气的样子。不像饭店里，颜色很艳，但吃起来滋味很简单，所以我觉得饭店里的红烧肉笋干，仿佛风尘女子。

就凭着这些回忆，我在心里打定主意，今年要在家里吃年夜饭了。

心远地自偏

想到要写一篇有关书信的文章时，脑子里马上冒出来的题目是"心远地自偏"，这是少年时代记下的句子，现在也不能够说出来这句话最准确的意思，我就想用它来描写书信。

今年年初的时候，我搬了一次家，其实是换个地方居住，因为几乎所有的东西，都没有移动。比如藏书，我有将近一万册图书，而且好多都没有阅读，我已经从读万卷书的日子，到了随便翻翻的年纪了。但是好多从前的书信，我是带在身边的，闲散的时候，任意抽出一封来看看，觉得是和亲戚朋友的又一次约会，也遇上了从前青春年少的自己。

我是一个婆婆妈妈的人，所以每一封信都能引出好多说话，这样文章就不好结构了，要么就记一些没有章法的文字吧。

小学三年级的时候，语文课上学习请假条、借条、日记和书信。那一课老师教得很敷衍，我们学习得也粗糙，好多年过去才明白过来，今后大半辈子，派上用场的文字，大致就这么几招。

那一课的回家作业，就是写一封书信。我们的音乐老师，是年轻漂亮的女孩，据说是新婚不久，我对她有特别的好感，也特别喜欢上音乐课，听到她结婚的消息，我幼小的心灵竟有些失落呢。我想给她写一封信，但马上想到决不可以流露出来那样的想法。最后写的是，音乐课上教唱的一首《路边有个螺丝帽》深深教育了我。

不久前小学同学聚会，我说起我们的音乐老师，同学说没有呀，我们的音乐课是数学老师兼的。

到了小学五年级，我开始给老家的堂叔写信。

堂叔是民办教师，有一年我回家，他说他双喜临门，一是入党，二是农转非成了正式编制的教师。

我与堂叔一直有牵连，是因为我爷爷奶奶的坟在老家，而二老是带过我的，故而隔几年我总要回去一趟，平日里也有书信往来的。堂叔来信头一页总是千篇一律的，国家形势如何，有什么大事，这些大事在群众中的反响。农村今年又丰收了，或虽然遭到天灾，但乡亲们抗灾后还是夺取了丰收，棉花怎样，菜田怎样，这些以后再切入正题。

有一次来信是说因为在村子里打牌，受到了党内处分，难以抬头见人，心里很不是滋味。我就急忙去信对他说，我党的政策一向是惩前毖后治病救人。金无足赤，人无完人，你也不能例外，犯错误不怕，改了就好，像你这样的老教师，一向兢兢业业勤勤恳恳的，党是不会撇下你不管的。过了一阵堂叔又来信了，说我与他们支部书记说的意思差不多，他的心情也好多了。

正儿八经地和信有关，是学习写作和当作家的那些日子了，那时候几乎是和信朝夕相处，作家和书信的关系，可以说是密不可分。文字写出来了，套上信封投在邮筒里，然后等着邮差上门，送过来退稿或者录用通知，然后是样刊和稿费。

那些信来信往的岁月，可以说是我一生中最有滋味的时光啊。

纸上滋味

文章做到这里是一个段落，一时间没有想好怎样继续下去，我就去查找"心远地自偏"的确切意思，这句诗翻译成白话文就是：厌倦身外种种人世混乱，希望自己的心思远离各种外缘的干扰，回归清静安逸的精神家园的隐士生活。

　　了解了这个意思，就要围绕题目做文章了。

　　现在说起书信，恍若隔世，我们用电子信箱传递文章，用短信传递信息，那样的一日千里，起初觉得新鲜兴奋，日子久了才发觉疲惫，而且失去了当时信来信往的滋味。油盐酱醋只是单纯的甜酸苦辣，只有放进菜里，才能说是滋味。现在的日子，是没有菜的油盐酱醋啊。

　　所以我有一个倡议，大家抽些时间来做一些写信寄信的工作，一来是想起从前回忆过去，二来可以让我们前进的脚步放缓一点，日子有了回味，是多么美好的事情啊。

青石弄

我的确是一个不求甚解的人,从前曾以为上了年纪的都是一辈人,我心里把陆文夫和叶圣陶看成一样的辈分了。有一次我问陆文夫,叶圣陶怎么称呼你的,陆文夫说,称我陆先生。我说叶兆言是不是叫你爷爷的,陆文夫说,你瞎三话四,我和叶至诚一辈的。这样我才明白过来他们之间的长幼。

陆文夫曾经是全国人大代表,他去往北京参政议政,会议间歇去拜访已经定居北京的叶圣陶。叶圣陶说,我在苏州还有一株老宅,要么送给你们做做文化事情吧。

叶圣陶说,安排一个客房,外地的文人来苏州,可以借住一下,文人都是清贫的,给他们一些方便。

叶圣陶说的这幢老宅,就是青石弄5号。二十多年之后,青石弄5号的院子要检修一下,整理房间的时候,找到一张俞平伯的题词。我早年文学青年的时候,读过好多俞先生的散文,心目中俞先生是遥远的古人,现在我把题词放在办公室里,感觉俞先生是分手不久的老师或者朋友。

　　两年前的元旦，周全相约几位朋友去紫兰小筑喝茶赏梅。紫兰小筑里的一株素心腊梅是周瘦鹃老当年植下的，现在沁香依旧，却是物是人非。当年周瘦鹃、程小青、陆文夫他们，在腊梅花开的时候，应该也有紫兰小筑的聚会吧。

小学

一年级。

后来才知道,我们的学校,是大户人家的一部分,我上课的班级,是客厅隔出来的,而我们学校的会场,其实就是当时的祠堂,会场里的主席台,应该是原来供奉先祖的地方,大户人家的后人,要是看到我们在主席台上唱歌跳舞,要么会开心极了,要么就害怕极了。

开学没多久就是国庆节,大家排练庆祝的节目,我们班上的歌舞是《朵朵葵花向太阳》,太阳象征毛主席,葵花自然就是我们了。但到了演出那一天,学校突然通知我们,说是节目不要上了,也没有说明理由,我们也一直没问起。

不久前读书,看到一个说法,说是陈伯达认为,在毛主席像下面跳葵花舞不好,好像是吓得直哆嗦的样子。

当时跳葵花舞有点蔚然成风,但后来就不多见了,各个厂矿学校的仓库里堆了不少葵花道具。而我们的节目,说不定也与此有关。

二年级。

大背景是这一年亚非乒乓球友好邀请赛在北京举行，全国上下因此掀起了乒乓热，我们学校也不例外。但学校只有一张乒乓球桌，低年级轮不到，我只有在放学之后和同学打一会，所以回家总是迟了。

全家人吃中饭，总要等上好一会，有一天我父亲发狠，不许我吃中饭了，我只好饿一顿。

虽然现在已经记不得当时的心理了，但这对我幼小的心灵，肯定造成了伤害，真是太残忍了。

三年级。

好像是有些什么事的，但一点都记不得了，那一年我在干什么呢。

四年级。

这一年批林批孔运动轰轰烈烈地开展起来了，小孩子知道什么呢？无非是跟在大人后面起哄吧，我在家里脱口而出地叫了一声孔老二，被我祖父一个嘴巴子，牙都打出血来了。这全是四人帮搞的，四人帮真是害死人啊。

四年级

为什么要有两个四年级呢？这是因为这一年国家将寒假里的升学调整到暑假去了，我们多读了半年四年级。

五年级。

这一年最值得记一笔的事情，就是我读了《青春之歌》。

书是我父亲存在箱子里的，父亲年轻的时候，应该也有过文学梦想。写作或许多少有点遗传吧，苏州作家范小青、车前子的父亲，曾经都是较有名气的写作者，我父亲不如他们的父亲，而且也没坚持下去，觉得干文学没什么指望，或者迫于生活的压力，就将文艺书籍锁好在箱子里，去上班下班养家糊口了。如果遗传一说成立，那么我的文章写不过他们，也是自己无能为力的事情。

当我发现父亲放书的箱子之后，就悄悄地取出书来阅读，四大名著和一些诗词，还有《青春之歌》。

《青春之歌》的封面是木刻效果，一个围着围巾的女子，就是林道静了。我想如果我生在当年，肯定会参加革命的，能够和这样一个楚楚动人的女子呆在一起，多么幸福啊，我才不管枪林弹雨血雨腥风呢，真要被捕或者牺牲了，被这样精彩的一个女子敬佩和想念，我也值了。

现在才明白，小时候我革命的动机是多么地不纯，当然现在也不是十分先进，但现在肯定不会这样想入非非了。

小学中学

我上的小学是西花桥巷小学,我们称西花小学,现在撤销了,成了区教育局的活动中心,主要是供退休老师下棋打牌举办书画展。有一天我莫名其妙想起了童年,想到去从前的小学看看,却发觉这里已经不是一所学校了。

退休老师打牌是玩一点小钱的,这个明眼人一下就能看出来的,但和我不相干,而且他们可能还是曾经教过我的老师呢,只是因为学校不见了,我的心情突然不好起来,就恶作剧地说,呀,你们来钱的,你们在赌博啊。一个老师支支吾吾说没有,另一个老师板起脸说我瞎说。我哪敢较真啊,只有转身离开。从前不是好学生,老要被老师训,这个阴影竟是挥之不去的。

小学毕业以后,我所在的地段,应该就读市三中,这是一所名牌中学呢,但我去了靠在平门那儿的铁路职工子弟中学,也说不清为什么,可能就因为路远一点吧,离家远了自由空间就大了,可能是这个意思。

铁路职工子弟中学简称铁中,后来在我临毕业的时候又更名为铁道师范学院附中,现在也撤销了。铁道师范学院还在的,与另一所大学合并为科技学院,附中却不办了,原来的校舍也不是派教学的用场了。我一生中经历的小学和中学都不在了,这对我的打击是很大的,也是祸不单行啊。一般比较痛苦的是有家归不得,但毕竟还有个家在那里,再过几十年,我的后代说起他们的先祖,还以为我是自学成材的呢。

退休老师的牌桌就放在原来的大礼堂里,大礼堂已经改造过了,主席台也拆去了,比较方正的一间屋子,也不是很大吧,但原来我们在这里召开全校大会,心目中也是一个很大的会场,可见我从小就不是一个见多识广的孩子。

我在记这篇文字的时候,突然想起靠在我们学校边上是一条黑弄堂,这应该是从前的备弄,我们上课的教室,原来就是有廊的老式房子,而我们学校的礼堂,可能就是从前一户大户人家的祠堂,祠堂变成了学校,学校又撤销了变成活动中心,这也太沧海桑田了。

我是三班的学生,当时我们班上有一位姓张的女生,竟是和我同一天出生在同一家医院的产房里的,各自的父母碰头了自然是又惊又喜,但我不太乐意说这个话茬,因为张女生近视,长得也不好看,我几乎是不理她的。有一次她好像还给过我一个连环画什么的,我没有拿,而且马上就走开了。其他没有什么。后来小学毕业,大家各奔东西,再也没有见到过,也没有联系过,想起这桩从前旧事,我的心里还有点难过。

去年的时候,一位朋友请我吃饭,进了一家饭店,老板娘笑眯眯迎上来,问我是不是认识她,我说真的记不得了,你真是女大十八变。老板娘说,什么呀,我是你小学里的同班同学。然后老板娘又把老板拉过来,说你再看看这个人。老板我认出来了,是我中学同学。他们夫妻不

纸上滋味

是同学，原来也不认识的，但老板娘是我小学同学，老板是我中学同学，真是太巧了，我对他们说，你们空下来的时候，一个说说小学里的事情，一个说说中学里的事情，你们的夫妻生活真是太丰富了啊。

但这以后也是没有再上那家饭店去过，想起来应该还开着吧，祝他们生意兴隆。

73 年

  西花小学三年级一班的图画老师说："上课了，同学们，今天我们来画一幅'暑假见闻'。"

  暑假过去了，天气也没有太多的凉意，穿着短袖衣的男生，露出来的胳膊和脖子，全是黑黝黝的样子，他们握着蜡笔，伏在矮小的课桌上，仿佛黑衣蟋蟀。

  还有我，我的图画是一间亭子，几块石头，河塘和河塘边的绿树。

  这一幅图画得到一个"良"，老师说，柱子是歪的，树怎么长在河里了呢？

  现在，我已经记不起来自己画的是拙政园还是狮子林，只是想到三年级以后，去拙政园的次数更多一些，图画上的，应该就是拙政园了。

  我们的小学校，距离这两座园子也就二三百米的路程，放学了或者休息日，我们就去那儿玩，那时的园林里，几乎也没有什么别的人了，所以我们想，拙政园或者狮子林是为了让孩子们有一个玩耍的去处，才建造起来的。

那时候狮子林的门票是3分钱，拙政园是5分。

我们班上有一个长得特别矮小的同学，还是不用买票的，我们就让他请客喝汽水，8分钱一瓶的汽水，买了大家一人喝一口。

矮小的同学说，我不合算了，我本来就不用买票的呀，却花了比你们更多的钱。

我们说，你是我们买了票带你进来的，下次还是我们带你进来呀，是不是？

为什么三年级以后去拙政园的次数更多一些呢？因为在一年级二年级的时候，我们去了太多次狮子林，我们在狮子林玩捉迷藏的游戏，最后藏的人费尽心机也找不到一个踏实的安身之处，而找的人不用花太多的力气就轻而易举地成功了。对于这里的一切，我们实在是太熟悉了，这使我们的游戏，显得十分没趣。正好是一个游戏的年纪，偏偏又没有什么更好玩的东西，我们就往拙政园去了。

拙政园要比狮子林大许多，构造也更丰富，但尽管这样，也经不住我们日积月累地玩耍。所以五年级以后，我们就去得很少了。

现在去拙政园，我不能一下子指出"远得堂"在哪儿，"待霜亭"怎么走，但我能很明确地知道这一条路通向哪个门厅，那一条路的尽头是什么风景。

工宣队

很久以后我才知道,我们去参观的那座园林,就是沧浪亭。

其实我们应该算是五年级了,但那一年国家将每年的升级由寒假调整到暑假来了,所以我们要再读半年四年级。

这时候工宣队进驻学校,分管我们的,是大大胖胖的马师傅。

马师傅说,各位同学,我要你们明白一个道理,就是新旧社会两重天,一个苦来一个甜。

第二天,我们排着整齐的队伍去马师傅家。绕过一些小巷以后,我们走进低矮又明显有点破旧的几间屋子。马师傅说,这就是我们家。

你们看看,这是什么?这是菜市场捡拾的菜皮,你们再看看,这衣服,毛豆穿了老二穿,老二穿了老三穿,都补成什么样子了,毛豆的爸爸去得早,我一个人带三个孩子,多不容易,这苦,真是苦啊。

毛豆是马师傅的大儿子。

大家说,毛豆的爸爸哪去了?

马师傅说,死了呗。

大家说，可是，可是现在是新社会了呀？

马师傅说，是呀是呀，你们说我新社会这个样子，到了旧社会呢，旧社会比这个样子还要苦几百倍，懂了吗？

然后，马师傅带着我们去沧浪亭。

沧浪亭是苏州唯一没有围墙的园林，隔一条弯弯小河，小河对岸是长亭短亭的风景。

一顶小桥对着宽宽大大的园门，马师傅立到桥上，伸手一指说，大家看，这就是当年大地主的家。

我们看到桥下清澈的流水和水中缓缓游着的鱼儿，我们说，鱼。

马师傅说，当年的劳动人民，也有在这条河里打鱼的呀。

这一片草地吧，原来是田，农民就在这里种田，地主在这些雕着花的房子里享福，大地主就坐在这张太师椅上吃山珍海味，农民家里的姑娘他就抢来做老婆，他要讨好几个老婆呢。

回到学校里，马师傅布置我们写一篇作文，马师傅说，多写一点，谁写得长，我就给谁打两颗五角星。

"沧浪之水清兮，可以濯吾缨，沧浪之水浊兮，可以濯吾足。"这是《楚辞·渔夫》中的句子，也是沧浪亭的一个出典，所以我认为马师傅的劳动人民打鱼说，不能算全错。

苏州广大的园林中，我与沧浪亭有一种特别的默契，走在园子里，常常对当年园林主人的营造，产生出会心的感觉，但这和少年旧事无关。

抓特务

文革时期的少先队员叫红小兵。

有一天两个红小兵走在放学回家的路上,遇上一位捡破烂的老头,这个老头其实是隐藏着的阶级敌人,他有点皮笑肉不笑地走到红小兵跟前,从口袋里掏出一些糖果,然后带说带唱地讲:"糖儿甜,糖儿香,吃吃玩玩喜洋洋,读书苦,读书忙,读书有个啥用场。"因为这番话说得有点阴阳怪气,所以我现在还记得清楚。红小兵立马意识到,这是在腐蚀他们呢,就将这个倒霉的老头扭送去了有关部门。

这是一部名叫《放学以后》的动画片,差不多意思的动画片和小人书还有好多,比如《新来的小石柱》《一支驳壳枪》。这些书读下来,给我们比较直接的感觉是社会上还有不少坏人,好多是旧社会遗落下来的,所以上一点年纪了。那一年我刚好上二年级或者三年级吧,我们大家的想法就是将附近一带的坏人找出来。没有多久住在桥头的一个女生就发现了情况,女生说住在15号的老头问题很大,我们一起去侦察一下吧。

老头不怎么好走路了，一天到晚坐在15号大门口，开出口来是很难懂的方言，喊过两声没人答应，声音就更大起来，是有点发脾气的样子，这时候他的老伴就急忙地从里屋出来，替他张罗。

他的腿脚一定是土改时被农民打的，或者是解放军干的，他有意说我们听不太懂的话，是为了潜伏和隐蔽，他的老伴这样怕他，说不定是农民家的女儿，被他抢来做媳妇的。

我们兴冲冲赶到学校，把这些情况一一向班主任老师作了反映，大家有点七嘴八舌，有些同学已经提出了抓捕方案，大家的情绪自然是很兴奋的。但老师似乎有点草草了事，只说是再看看或者看看再说，因为原话现在已经记不清了。

隔了几天住在桥头的女生又有新的发现了，说是老头手里一直在玩一些精雕细刻的玩意儿，这是旧社会留下的吧，说明他是念念不忘，或者试图复辟，这真是有点紧迫的情况了，我们决定和老头正面接触，班长带两三个男生去找老头，住在桥头的女生在不远处看着，万一有什么情况，立马去学校报告老师。

为什么我们一下子就认定15号门口的老头就是我们要找的坏人呢？现在想起来，除了当时思想意识的问题，主要的因素可能是老头比较严厉，甚至是有点凶相。但他看到我们走到他跟前的时候，却是十分友善和开心。我们班长小声说，他是假装的。

我们说，你以前是地主吗？老头笑着说，是啊。我们又说，你以前是资本家吗？老头笑着说，是啊。我们还说，那你是不是特务呢？老头依旧笑着说，是啊。我们说，你是不是还有一把驳壳枪？老头说，是的，你们怎么会知道的呀？我们说，那你拿出来让我们看看呀？老头说，不行的，小孩子不能玩枪的。

我们还说了好多话，反正书上看到的坏人的事迹几乎全问了一遍，老头全部认了下来。想不到抓一个坏人竟然这样不费工夫。我们真是太喜出望外了，就急忙赶到学校去，一五一十地告诉老师。

老师说，你们不懂的，这事儿就到此为止，以后谁也不能提，谁再管这事，不仅要点名批评，还要告诉家长。当时我们都有点发愣了，我们怀疑也可能老师和这个老头是一伙的呢。

许多年之后我才知道，这个老头姓陆，从事红木雕刻，是著名的工艺美术大师。

1＋1

2001年秋天,我在南浔看到一尊徐迟的雕塑,上面的文字是"徐迟老师",这是他的学生出资建造的,不称先生而叫老师,除了朴素的荣耀,还有一份很踏实的情感。

徐迟是很著名的诗人,好像担任过《诗刊》的主编,和毛泽东有过一段关于诗歌的文字交往,但更多的劳动人民认识徐迟,却是因为他的报告文学《哥德巴赫猜想》。哥德巴赫是两百多年前的一个外国数学家,他提出来的命题是"任何一个偶数均可表示成两个素数之和",偶数就是民间俗称的双数,素数就是单数,这个命题简明扼要的说法是1＋1。两百多年以来,对于这个命题加以论证的中外数学家是一茬又一茬,中国数学家陈景润不仅是这一茬中的一位,而且取得了比较突破性的进展。徐迟的报告文学,说的就是这档子事情。

《哥德巴赫猜想》一经问世,就引起了广泛的反响和轰动,主要表现可以归纳为两个方面。一方面1＋1成了街谈巷议,上年纪的阿姨说,1＋1不是等于2嘛,幼儿园里的孩子都说得出来的,还要证明,真是吃饱了没事情干了。但这样的说法立刻遭到更多的讥笑,大家说你不懂可不要瞎讲，1+1是等于2，但是1+1为什么等于2呢，你说不出来了吧？以后有了1+1等于3的说法，是宣传计划生育的，就是一对夫妻只生一个孩子的意思，这是后话了。

另一方面就是陈景润，陈景润在科研上出类拔萃，但生活常识家庭琐事却一知半解马马虎虎，比较著名的例子是他竟不知道桔子要剥了皮吃的。

这时候一些有关书呆子的戏曲和小说也应运而生，戏曲和文字中的主角往往一心科研却在生活上丢三落四。我看过一出名叫《约会》的小戏，说是书呆子在公园里一边等女朋友一边看书，扔一个垃圾到痰盂里，居然忘记将痰盂盖放下来，一直提在手上，直到女朋友出现。

老百姓开始重新品味和认识知识分子，然后感受到他们的有趣和美丽，不少未婚女子也萌生了以身相许的念头，当然主要还有当时的大气候，就是社会开始在意和重视知识了，"知识就是力量"是当时掷地有声的一句口号。

很长一段时间，知识分子在社会上有点库存积压商品的意思，现在不是清仓，还是当成一等品来对待，还供不应求呢。

一些工厂里的技术员，多少有点知识分子的意思吧，也被女孩子当做知识分子对待了。我们家有个邻居，找的就是一家发电厂的技术员。这个技术员主要的工作就是看电表，根本没什么科研好搞，他也没有搞科研的兴趣。那一阵邻居对他说得最多的话就是，你怎么不看书的呢？他们小夫妻还为此吵过好几回。

技术员只好十分无奈地去了一回书店，回到家里以后，对外星人产生的兴趣，而且一发不可收，这时候他们已经有了第一个孩子，家务开始繁忙起来了，但技术员不闻不问，只顾自己UFO的研究，结果又引起家庭不和吵吵闹闹。我印象比较深刻的一次是，技术员和大家闲谈，说是根据他的研究，根本没有外星人的。邻居就说，没有你还花这无用功，吃饱了撑的呀，我看你是存心不想做家务，这日子没法过。

有线广播

  1970年夏天,居委会出面,为辖区内的人家替换有线广播,居民只要负担很少的一部分费用,明摆着是占了便宜了。

  多出三毛钱,有线广播上可以安装一个调控音量的开关,出一毛五分,也可以安一个拉线开关,拿不出这笔费用的人家,有线广播就只能一直打开着,大清早或者深夜里,其他人家的有线广播都关着,能量集中在没有开关的人家,再加上四周安静下来了,有线广播的声音就显得特别明亮。

  这一年我开始上小学了,早上6点30分,是中央人民广播电台的新闻和报纸摘要节目,我就背起书包出门上学。巷子里的门窗,传出来的全是播报新闻的声音,一路走过去,正好能听完一段比较完整的新闻。

  先头说的,全是我们国家的事情,这是相对重要的新闻,要是慢悠悠地往学校里去,一般总是在新闻将要结束的时候,播报越南游击队又击落了一架美国人的飞机,并打死或者俘虏美国士兵多少人。当时也没有想到怎么没有美国人打越南人的事情呢，心里只觉得美国真是不中用，在越南打了败仗，还要在我们面前丢人现眼。

晚上8点30分，是中央人民广播电台的各地人民广播电台联播节目，换了一个名称，性质和内容与6点30分的节目差不多，这时候我要洗脸洗脚上床睡觉了。

有线广播还有一个重要的内容，就是播放样板戏，有全本也有选场和选段，现在好几家京剧团重新排演《沙家浜》《红灯记》，有人立出来说，这是不堪回首的记忆，再大张旗鼓地公演，真是太没立场了。其实这仅仅是认识问题的一个方面，对于广大老百姓来说，更多的还是追忆逝水年华吧，样板戏是一个引子，是虚晃一枪，勾起来的全是曾经有过的日常生活。

除了新闻和样板戏，有线广播还要播放一些歌曲，有一首歌曲好像名叫《路边有颗螺丝帽》，唱的是"路边有颗螺丝帽，螺丝帽，弟弟上学看见了，看见了，看见了，看见了。螺丝帽虽然小，祖国建设不可少，捡起来，瞧一瞧，擦擦干净多么好，送给工人叔叔，把它装在机器上，机器唱歌我们拍手笑"。

这首歌我就是跟有线广播学的，但只不过唱唱而已，也从来没有捡着螺丝帽上交过，当时大家就觉得捡个螺丝帽太小题大做了，放到现在，也只有捡破烂的去干了。

有线广播相当于电话中的座机，收音机和半导体有点手机的意思。当时我们家有一架很像样的红灯牌收音机，是我父母结婚时的纪念品。因为这架收音机是有短波频率的，我父亲很严肃地关照我们，不许去碰它。所以当我父母不在家，我第一次打开收音机的时候，感觉从那一刻起，自己是混在好人中的一个坏人了。

纸上滋味

对调

在外地工作的希望调动到苏州来，正好也有个苏州人要往那个地方去，而且他们的工作有点八九不离十的相近，彼此接洽之后，再得到组织上的支持，然后就可以办理调动手续了，这样的形式当时叫做对调。

对调的信息，写成小纸条，贴在电线杆上。抱着对调念头的人，下了班吃过晚饭之后，就出门去围着路边上的电线杆转悠了。

妻儿老小全在苏州，自己却孤身一人在外地工作，怎么安得下心来呢？对方差不多也是这样的情况，就是妻儿老小在外地，自己一个人在苏州工作，一般都是这样的一种情形吧。

落实到具体的人家，就是住在我们家隔壁的一个姓林的女人，我们叫她林阿姨，我们的父母叫她小林。

小林三十岁出头一点点，在纺织厂上班，她的老公在江西工作，是南昌一家袜厂的技术员，好像也姓林，这个我记不得了，或者根本就没有知道过。

林技术员一年回两趟苏州，8、9月份一次，过年一次。我在另一篇有关过年的文章中提到过他,说他大年初一去粮店去煤球店,然后把大包小包的米和煤球背回来。有一回我们家附近的煤球店关门早了,他就去了更远一些的店里,将煤球买回来。

他们结婚有好几年了,林技术员希望有一个孩子,小林却坚决不从,说是两地分居,她一个人又要上班又要带孩子,真是乱成一锅粥了。

他们先是小声商量要孩子的事情,后来声音响了些,最后就为这个吵了起来,一下子闹得我们都知道了。

对调的事应该是在吵架以后提到议事日程上来的吧,林技术员回去南昌不久,小林就写了对调的小纸条,贴在远远近近的电线上。

没过多久,小徐就进入了大家的视线。

小徐是一家面粉厂的副厂长,老家在南昌,女朋友也在南昌上班,他想着回到南昌去成家立业,正好看到小林贴在电线杆上的小纸条,就找上门来。双方自然是一拍即合。

起先的时候,事情进展得很顺利。小林满面春风,几乎是哼着歌进进出出的。邻居问起这个事情,小林说南昌那边已经在办手续了,基本上用不了几天就能打了火车票回苏州了。

后来突然传出风声说小徐这边有问题,面粉厂不同意放人,也不愿意接受新人。大家还在为小林可惜,那边又传出新闻,说是原来小林和小徐好上了。

当时这样的情况有一个很难听的名词,叫轧姘头,相比较现在的第三者或者婚外恋要温和许多,也不是十分刺耳。

林技术员还回来过一次,先后找了居委会和面粉厂,但无济于事,小林的态度也很坚决,小林很直爽地对林技术员说,我就是要和小徐好的,我已经怀上他的孩子了。

纸上滋味

不久之前,一个高高大大的小伙子找到我单位里来,他是学习国画的,希望我将他的作品推荐给有关的报刊。

我说你是谁呀?他说你不认识我了吗?我们做过邻居的,我的妈妈是林某某,我的父亲是徐某某呀。

这个当年怀在小林肚子里的孩子,竟然已经这么大了。

调房

房屋中介是一个新行当，主要的营生是买卖房屋和招租，没有调房什么事。调房是从前的房屋交换形式。调房的信息，也是以小纸条的形式，张贴在沿街的马路上和电线杆子上。

调房是你情我愿的事情，对调的双方对上眼了，就去房管所办一个手续，然后搬进对方的房子里，继续进行各自的生活。

俗话说家家有本难念的经，这本经因为住房的问题念不下去，就有了调房的念头。调房的理由很多，或者是家在城东住着，人要到城西上班，或者是住在靠着城南的婆家有点水土不服，希望离城北的娘家近一点。邻居不和，地段上风气不好，家里人多住房小要调房，家里人少地方大也要调房，当时的房租基本上在一两块钱左右，三四块四五块房租的人家，心里想要住那么大的房子干什么，一个月省下一两块，一年就是二三十，还不如调个地方去住。这个想法要是放在现在，比如将自己住得好好的别墅去和人家换一套公寓房住，那真是太不可思议了。

我母亲原来的一个同事，坚决要调房，就是因为自己老公对隔壁邻居家的女房东态度有点热情，同事说，再不住开来，要弄出事情来的。他们如愿以偿地调走了，能够很好地防患于未然，这也是当年婚外恋现象相对较少的一个原因吧。

对于调房的双方，有一些理由是不便明说的，基本上就找一个轻描淡写的说法，这一点双方也不十分追究，因为大家都是这个路数呀，这是心照不宣的约定成俗吧。比如离异之后再找对象，一般的说法都觉得自己是一贯的好人，离婚主要是另一方出了问题，这也是路数，也是心照不宣的约定成俗。

也有人把调房这档子事情当成了业余生活的主要内容来过了。从前我们家有个亲戚，高中毕业之后进一家工厂上班，是早、中、夜三班制的那种，也没有别的什么业余爱好，空闲下来的时间，就在马路上看调房的小纸条。

这个爱好是怎么形成的呢？据他说最初是上夜班，要晚上10点钟去单位，有时候8点多就出了家门，实在不知道干什么，就看起了调房的小纸条。

一开始仅仅是看看而已，后来看得多了，他在看张家的调房小纸条的时候，想起了李家，觉得这两家倒是很合适的，就主动与双方联系，张家和李家竟是调房成功了，于是他就干脆做起了牵线搭桥的营生，每个月都能成功好几对，也就很有成就感，日子过得真是充实。

调房成功的人家，想起我的亲戚来，有点心存感激，制了一面锦旗，送到他单位里。那个阶段单位正为学习雷锋的积极分子人选犯愁，我的亲戚不为名不为利地做好事，而且有点悄悄的意思，学习雷锋的要求，基本上是全了，就自然而然地评上了先进。

好多年之后，房屋开始买卖了，房屋中介也就应运而生。我的亲戚说，当初他做的事情，差不多就是房屋中介。而我觉得，他简直就是房屋中介之父啊。

加工资

铁路中学归铁道部门管理,后来成立了铁道师范学院,铁路中学就顺水推舟地更名为铁师附中。当时我在那儿读书,经历了这样一个过程,在我毕业好几年之后,学校突然解散了,后来铁道师院也和另一所大学合并成科技学院,真是人面桃花啊。

当时的铁路比较财大气粗,学校的待遇也比地方上要好一些,很明显的一个例子就是隔两三年,学校就要为教职员工加一回工资。我赶上过两回,一回我念初二,一回我上高一。

人人有份的加工资叫普加,普加机会很少,反正我没见到过,我见到的是按一个比例来办,初二那回是百分之十五,高一那回是百分之二十。

按比例加工资,你推我让是不可能的,也不是争得面红耳赤,大家低头不见抬头见,又都是为人师表的老师,做不出来的。但小打小闹的争争吵吵还是有的。初二那回我去办公室背英语,正好撞着两个老师斗嘴,他们见我进去,立马停下来,还做出一种什么事情都没有发生的神色。高二那回也是,风平浪静的教研室是没有的,加工资是一辆公交车，大家等在站台上，都希望挤上去的。

唯一一团和气你好我好的，就是体育教研室。体育教研室的老师几乎不谈起加工资的事情，问起了就说，这种事情领导会考虑，让领导考虑吧。其实他们是铁板钉钉，全是进入百分之二十的当然人选啊。

那一年中国参加了奥运会，还得了十五块金牌，正好宣传这个事情，体育教研室有两个老师与奥运会相关。

一个程老师，他是我们国家早年参加过奥运会的为数不多的几个选手之一，这样的历史不是每个老师都有的，这样的老师也不是每个学校都有的，加上他到了退休的年纪，按照惯例总要加一级工资再光荣退休。

这一年中国女排也获得了奥运会冠军，这已经是几连冠了，国家正在号召大家学习女排的拼搏精神呢。另一个王老师，对当时的一位女排队员，是有知遇之恩的，就是在这个队员还没招进国家女排的时候，王老师对她很鼓励很欣赏。这个队员光荣返乡还专门去学校看望了王老师，学校给这样的老师加两三级工资都不为过，何况一级。

还有黄老师，原来好像是国家足球队退下来的，中间出了些问题，十多年一直默默无闻，就是从没有轮到加工资的好事，而且做的是后勤工作。他回到体育教育一线之后，就组建了铁中女足，那年元旦代表苏州与来访的日本人打了一场比赛，1比1踢平，这是很风光的成绩，说实话没有这个成绩也应该加给他的呀。

还有一位年轻的马老师，本来是肯定没想法了，马老师是住在学校里的，那一阵马老师正好恋爱，半夜里回学校，听到校长楼里有动静，他就进去看个究竟，结果撞上了小偷，小偷先下手为强，一棍子打在他头上，然后仓皇逃跑，马老师忍着血流不止，爬上二楼，拉响了警报。这样见义勇为的老师，不给他加工资，能说得过去吗。

这样一看，体育教研室就是满堂红了，也就是说，对于其他老师，这是一次有比例的加工资，对于体育老师，这就是一次普加啊。

石路老家

  1974年夏天的一个傍晚,姨夫找到我家里来,说是有两张人民剧院的戏票,要带我去看戏。姨夫是在外地工作的一名司机,回苏州应该是歇探亲假。人民剧院靠在石路最北面的口子上,那天看的什么演出已经记不得了,只记得演出结束后,姨夫带我去了石路上的复兴回民面店,很称心地吃了点心,后来再走到城墙下的4路汽车终点站,我们要在那儿等车回家。但可能是时间晚了,公交车久久不来,姨夫说,要不我们就走回去吧。我住在专区医院对面,走回家也两三站路,在路上姨夫对我说,他不是不愿意乘车,其实他很贵的点心都请了,三分钱汽车票怎么会不肯掏呢,主要是汽车不来啊。姨夫真是个实在人,他已经去世多年,我很怀念他。

  安东尼奥尼在他拍摄的纪录片《中国》中,有关于复兴回民面店的镜头,后来我看到这部片子的时候,竟激动不已,几十年来,我几乎告诉了我的绝大部分朋友,小时候我曾经在复兴回民面店吃过一次点心。

  1984年秋天,我拿到了第一个月的工资,好像是三十多元,那一天晚上没有回家,约了几个朋友打麻将,竟然赢了十多元,第二天一大早，我就赶到石路商场，等着商场开门，替父亲买了一双结带的皮鞋，替我母亲买了半斤绒线，最后去近水台吃了一客汤包，一下子花光了口袋里所有的钞票。

以后二十多年里，我为我父母花过无数次钱，也买过很多东西，但在我记忆里，最有意思的就是1984年的皮鞋和绒线。当然赌博是不对，输赢铜钿更是违法乱纪，这几乎是我一生的快乐和污点。

1994年夏天，我赋闲在家，其实也不能说赋闲，当时是在家里为一家影视公司创作剧本，那时候我每天早上8点钟出门，去石路嘉华松鹤楼吃一碗鱼肉双浇面，再到附近的艺圃公园喝茶，差不多10点钟样子，起身回家写作，直到下午三点收工。

苏州人有早晨吃面的习俗，我也如此。每一个老苏州都有自己心仪的面馆和大师傅，嘉华松鹤楼是新开在石路上的一家面馆，但老师傅是原来百年老店观振兴的退休老人，我一直吃他的面，还记得他四五十岁时，和店堂里的洗碗女工打闹的光景。

2004年春天，同学的父亲夕阳红再婚，女方提出的唯一要求就是在石路义昌福举办婚宴。阿姨第一次结婚时，少女时代的美丽梦想就是在义昌福和亲朋好友欢聚一堂，但当时经济拮据，就办了两桌，请了双方的亲戚，没想到老之将至，竟有机会实现夙愿。

这一年我再去石路，有点今非昔比的感觉了，是水涨船高的繁华和热闹，我竟是认不出来了。细一想，竟是四十年过去了。

我是因为要说起安东尼奥尼和复兴回民面店才选择从1974年开头的，然后只好顺水推舟地说起了另外三年的故事，我要从73年或者75年说起，就是另一番经历了，百年石路，差不多四五十年，是和我一起成长的。这是有血有肉的说来话长，说完了这些，我几乎是一个老人，再过几年或者十多年，我肯定要离开了，想到这，内心有些依依不舍，让我欣慰的是石路还在。石路还在，所以苏州。

苏州女人

先来审一下题目吧,要一个苏州男人来说苏州女人,在大家眼里,说好了多少有点王婆卖瓜,说不好几乎就是自讨没趣了。而且从法律的角度说,沾亲带故也是要回避一下的呀。再一个将苏州女人从苏州这个整体中孤零零地抽出来说,差不多就是国画教材中,将梅花或者荷花什么的一笔一划地画出来,按部就班地解剖,可以说明画理,却使梅花或者荷花少了生机,也就少了艺术的趣味,说到底梅花或者荷花还是要由竹石或者蜻蜓来衬托一下的,苏州女人也是要有苏州男人来衬托一下的,这样也能更好地说明问题。《沙家浜》中的阿庆嫂也是苏州女人,为什么人物性格不够丰满呢,就因为阿庆去城里做小买卖了,没有了婆婆妈妈的夫唱妻随,阿庆嫂的丰采就出不来。

但是话又说回来了,生在苏州,家里和单位里碰到的是苏州女人,走在路上遇见的是苏州女人,你要想独个儿躲得远远地,冷不丁冒出来的,还是苏州女人,真是低头不见抬头见啊,也就是说因为有了丰富的资料,也有了足够的生活,无论从什么地方下手,都能把文章做出来,就是可以把苏州女人的样子描绘出个七七八八吧。

比较普通的写法，就是列出些勤劳朴素，温柔美丽之类的条条框框，再把一些古往今来的例子安排进去，这其实是有点表面文章的，因为这样的特点，祖国各地的女人都具备的，虽然是你好我好大家好，但这样对待苏州女人太不负责了，这是做一天和尚撞一天钟的做法，不值得提倡。

不普通的做法就是现身说法了，说一说自己感受和体会到的苏州女人，这应该是比较独到的，只是不全面的，现在也来不及为了全面去一下子认识成千上万的苏州女人，因为一篇文章花这样的工夫去实践，也太伤筋动骨了，也太小题大做了。

按照条条框框的形式来归纳，我觉得苏州女人比较显著的特点是很懂得宠男人，打一个不恰当的比方是，她们把苏州男人都当成自己的孩子来对待，她们的真心关爱，使苏州男人有点任性并且更加如鱼得水和风调雨顺起来。第二显著的特点是苏州女人特别在意或者说特别需要男人的疼爱，她们把含辛茹苦什么的当成身外之物，她们在吃苦耐劳的生活里，只要你一句体贴的话语，一个会心的眼神，她们就会重新抖擞精神，孜孜不倦地扛起日子走下去的。

现身说法呢，就是有头有尾有名有姓，而且还是亲眼所见亲耳所听，这一个条件相当于招干考试，大家都想当干部，大家都去报名，有关方面只好说年纪要在35岁以下的，一批人"唰"地退出来了，有关方面又说，必须是本科学历的，又一批人"唰"地退下来了，余下的人再去过关斩将，有关方面也好对付了。再回到文章上来，怎么对付呢，就是分为家里的（含亲戚）和外面的。

家里的现身说法是外婆和母亲的故事。妈妈去世之后，我就一直用母亲这个词了。

我去外婆家的时候，外公早就不在了。据说外公生得一表人才，却有点像花花公子，和我外婆生下四个孩子之后，就很不负责地一走了之，并从此音讯全无。我曾经问过我母亲，老先生会不会去了台湾？母亲想了想很认真地回答说不会，母亲说据外婆讲，他是一个苏州白相人，只适合在苏州生活，决不可能背井离乡，更不要说远涉重洋了。

也许母亲觉得我说这些很无聊，也许母亲心里很不想说这个话题，看我一眼说了句你吃饱了，就没有更多搭理我了。

外婆生了四个孩子，至少说明她曾经有过一段比较幸福快乐的日子，但之后漫长的岁月里，是她独自一人，将四个孩子带到长大成人的。我的阿姨舅舅都说起外公太不地道的话茬，但我外婆明显听不进去，也不希望他们议论，是好是坏都是她的男人，人去人在也不是重要的。

应该就是因为这个缘故，我的母亲对她一直十分孝顺。当时的人均生活费是10元左右，小学学费是8元，我读书时是分两次交的，开学交5元，隔一个月再交3元，我母亲的工资是三十多元吧，但她还是坚持着每月贴给外婆25元。

母亲长得很好看，当时追求她的人也不少，其中有一位部队里的领导干部，过后成了我们家的朋友，我还见到过，客观地说，也是不错的男人，但母亲选择了父亲之后，死心塌地地相夫教子，将我们家撑起了一个样子来。

父亲人也不坏，但脾气有点暴，母亲一向逆来顺受，还要我们体谅父亲，这也是母亲去世后，我对父亲十分孝顺的一个重要原因吧。

母亲的厨艺很出色，而且会张罗，当年我谈女朋友的时候，只要把女孩子带回家去，她总会摇身一变似的生出好几样小菜来，而且都有很过硬的色香味，我掌握了母亲希望我尽快落实成家立业的心思，几乎每个星期要带女孩子回家吃饭，不少女孩是毫不相干的，我仅仅是好吃，

纸上滋味

害母亲瞎忙，现在想起来，实在有点过意不去。

烧菜也是苏州女人很优良的光荣传统，著名的苏帮菜，很大一部分就是从家庭主妇的庭院菜中发展而来的。解放以前吧，不少上海滩上的老板要跑到苏州来找一房姨太太，然后回到上海过自己的日子，只在周末的时候来苏州一趟，这时候姨太太们就变着法地烧出一些小菜来，让多日不见的男人一饱口福。而客观上也是进一步发展了苏州的庭院菜。

说起烧菜，在我小时候，住在我们家隔壁的阿菊，基本上是一位大家都称道的好厨娘了。这是关于外面苏州女人的现身说法吧。

苏州的元大昌是一家百年老店，元大昌经营瓶酒和另拷，之外就是堂吃。下午以后，三三两两的人聚到这里来，来喝酒。这时候一些手臂上挎着拷篮的老妪少妇，就会走过来询问一些"阿要尝尝我的虾饼"，或者是"阿要来一盆马兰头拌香干"。

住在我们隔壁的阿菊，喜欢听书，从她们家里飘荡出来的，往往是琵琶弦子的弹唱，和炉灶上袅袅的香味。

最初的时候，解放前吧，阿菊是一家大户人家的厨娘，阿菊的母亲是狮子林贝家的厨娘，阿菊的母亲将一手好厨艺传给了阿菊。阿菊拿手的是一道熏麻雀，就是因为这一道小菜，大户人家的老爷一喜之下，将她收为第三房姨太太。阿菊当了姨太太，还是下厨房，还是熏麻雀。解放以后，居委会在一起开会，怎样对待阿菊的问题，大家是各有各的意见，居委会主任说，她当了姨太太，还要下厨房，说明是保持了劳动人民的本色，所以是人民内部矛盾。

几年以后，老爷一病不起，紧接着撒手西归。大房二房痛哭一通，再掉过头身心痛快地看着阿菊，她们的意思是，三姨太得的宠爱到头了，而她们和厨娘平起平坐的日子也一去不复返了。

阿菊没有再去别的人家帮厨，独自一个住在小巷里打发岁月，解放前后的一段时光，每一天下午，阿菊就是挎着拷篮去元大昌酒店。

　　说是苏州女人的题目，写出来却有不少是烧菜的事情，也算是另外一种"食色性也"吧。

　　再说几句题外话，在我写这个题目的时候，一下子就想到了柳如是、赛金花之类的人物，她们可是写进中国历史的苏州女人啊，我甚至想到能不能写一个苏州女人干什么都是出色的，哪怕是当妓女，也是这个行业中十大杰出人物之类角色，但却一直没有写出来这样的文字，一来这些人物，也不是土生土长的苏州人，二来当妓女也是出于无奈，而且也是极小部分人，怎么可以拿这个来说事呢。接下来想到的就是芸娘，苏州女人也的确就是类似芸娘之类的小家碧玉居多，但是《浮生六记》大家都看到了，林语堂也都说到那个份上了，林语堂说："芸，我想，是中国文学上一个最可爱的女人。"这话是动了真感情的，林语堂说得这么好，我再说有点较劲了，所以我只好记一些看得见摸得着的苏州女人，至少可以告诉大家两点，一是现在的苏州女人，承前启后了不少和芸娘差不多的优良品质，二是苏州女人是属于苏州的铁打营盘，大家的文章全是流水的兵，大家文章汇在一起，就是一个古往今来的比较完整的苏州女人了。

纸上滋味

评弹

盖叫天说，我演的全本《武松》，从"打虎"到"打店"，一个晚上全演完了。评弹却要说一两个月，我倒要听听，就这么点事情，他到底是怎么说的。

这一听，竟是迷上了评弹，在后来好多的场合，人家请他去讲课或者开座谈会，老先生总是从评弹说起。

老先生说，台上的先生穿着普通的长衫、旗袍，也没有什么道具，就靠男先生的袖子和扇子，女先生的手帕，就像舞台上的"砌末"，却是比"砌末"还要灵活，因为它可以很巧妙地运用，刻划角色的神态和情态。说书的把动作和表情统称"手面"，说书先生的"手面"，可以补充好多书里听不到的东西。

盖叫天一边在不同的场合说着评弹表演，一边继续听书，到后来苏州在他眼里，什么都是很顺眼很出色的了。

他说，你看西园寺里的五百罗汉，很多是笑嘻嘻慈眉善目、慢条斯理的样子，不像别地方的罗汉，竖眉瞪眼，一副找人斗法的姿态。他说，你看看人家苏州人，长得就是正气，长形脸、瓜子脸、丁字脸，眉清目秀的，你再看看苏州的女孩子，没有开口先微微一笑，说起话来糯笃笃的，说得快也是有板有眼，不像别地方的女孩子，说话又快又碎，像麻雀噪雪，叽叽叽，喳喳喳的。

这一些话，虽然夸赞的是苏州广大人民群众，但我在记叙的时候，还是有一点儿不好意思的，我只想说明的是，盖叫天老先生钟爱评弹并通过评弹认识了苏州。评弹是通向古城的一条小巷，穿过这一条小巷，能看到一个美好的苏州。

苏州人的一句口头禅是"你在说书"。说书，就是评弹。这门艺术"说噱弹唱"一应俱全，一个或两三个演员，反串不同的角色，精巧细致地去表现和反映生活。小姐下一层楼梯，要说上一回书，几十层楼梯便有了几十回书了。那是用着"放大镜"和"显微镜"在对着生活呢。可它又区别于几十集的港台连续剧，连续剧的悬念显得生硬而公式化了。它不会在意小姐是怎样下堂楼的，它只关心小姐下了堂楼干什么。它也不会去描绘小姐的心潮起伏，小姐的心情往往是一句台词就能传递的。"相公你总算是回来了"或者"相公你还知道要回来呀"，大家马上就明白了小姐是怎么样一个态度了。说书则非常地自然而然，顺流而下，听着是享受，完了也不很牵挂，悠然自得，非常惬意。

数百年前了，评弹艺人是在小镇和小镇之间来来往往，在书场和茶楼里说说唱唱。

小镇上没有剧场，一年也难得演几出庙台戏，平时的娱乐活动就是上书场或者茶馆听评弹。一张小书台上，台上的旧桌围红底黑字"敬亭遗风"，一边的墙上是"恕不迎送"，颜体，字不大，却能看得清楚。另一边对联写的是："把往事今朝重提起，破工夫明日早些来。"

这是从前的小镇和小镇上的评弹，从前的江湖之上，一叶一叶的

纸上滋味

扁舟在小镇和小镇之间来来往往，一些说书先生，衣袂飘飘地立在船头上。

然后，将近年底了，走南闯北的评弹演员，带着自己最拿手的折子戏，聚拢到苏州来参加会书。会书曾经是评弹界一项重要的活动，会书相当于现在的春节联欢晚会，会书比春节联欢晚会有趣的一点是，说书先生要是不受欢迎，下面的听众客气一点的咳嗽几声，喊几声"绞毛巾""倒面汤"，不客气的，就直截了当地轰人下台了。再不客气，最后一位演员的"送客档"送不走人，你书说完了，大家还坐在那里呢。你说得不好或者没有进步，我就是不走，任你嘴里吐出莲花来，我只当你是多吃了一些藕了。

现在的会书称做会演或调演，新社会人民群众的思想觉悟提高了，全是一副客客气气的样子，说得好与不好，都鼓一鼓掌，一鼓了之，除非是电视书场，电视书场的听众还有一些当年的习俗，听得不开心了，就换个频道，或者干脆将电视机关掉。

电视书场有一点堂会的意思，但少了些会心和呼应，所以我觉得它是装在罐头里的评弹。

歌词索引

我写这篇文章的目的，就是想把近两年创作的歌词汇总一下。这些歌词散落在我电脑里，像是遥远海上的零星岛屿，说起来是我的领土，却基本上没有管辖，我要编辑作品集，也没法把它们收集进去。本来我想记一篇散文，把写这些歌词的前因后果说一下，可又觉得这几乎是不干不净的写作了，要不我就实在地将这些歌词记下来吧。

一、电视剧《风月》插曲《风月·恶之花》
如果寻找是最好的报答
我要把你送到遥遥天涯
如果行李是最好的牵挂
我的宿命就是找不到家
如果你的敲门
是我今生的花前月下
如果我的目光

是你回头的悬崖

玻璃上的窗花

传说中的神话

春天和秋天

是季节里的一问一答

春天里的象牙塔

秋风中的恶之花

玻璃上的窗花传说中的神话

春天和秋天是季节里的一问一答

春天里的象牙塔

秋风中的恶之花

二,电视剧《风月》插曲《小孩子》

小小的孩子走呵走

走到哪里是尽头

小小的孩子长呵长

总有长大的时候

让我来和你说今后

前身明月没有西楼

你要装作终于看透

都是生命的等候

为什么小孩子也有忧愁

大人的泪水

只好往肚子里面流

多少失落和拥有

多少生前和生后

阳光下数一数

剩下的日子够不够

三、电视剧《大镇反》插曲《木马骑手》

（有个消息告诉你

梅花在屋后猜谜语

问了故事问传奇

拍遍了栏杆寻谜底）

让我们像树一样

用叶子和花朵说话

让我不断重复

自己说过的一些话

像一棵很傻的树

毫不在意被春天笑话

让我们像树一样

用叶子和花朵说话

让我不断重复

自己说过的一些话

当秋风传开了我们的问答

鸟儿们沿着我们的故事回家

（砍棵大树做木马

骑上木马走天下

走了很久才明白

木马的缰绳没解开）

四、电视剧《大镇反》插曲《一九五几年》

花依旧还是月依旧

春花秋月青衫袖

月依旧还是人依旧

岁月在楼头挥挥手

山悠悠还是水悠悠

青山绿水自风流

水悠悠还是船悠悠

谁在桥头再回首

轻轻的摇呀摇民谣

悠悠的岁月映小楼

谁在等候谁在走

唯见长江天际流

五、电视连续剧《向周星驰致敬先》插曲《回家作业》

回头看一眼

那一年夏天

门口的好同学

窗外的芭蕉叶

我那双白球鞋

是操场上的蝴蝶结

同桌的女生

往事的书签

错过了很多年

对岸已遥远

我的老师家长

是永远写不完的家庭作业

花好叶好青春年少

去年今年地厚天高

人群中有多少渐行渐远的寻找

少年是流传在春天的歌谣

我还要说明的是，这五首歌曲中，《小孩子》一首，我自己会唱的，电视剧中是用孩子的声音表达的，但我认为，这首歌由像我这样有点沧桑的老男人来唱，可能更加合适吧。

麻将

新茶上市的时候,广州一家报纸采访我,我显得自己很能的样子,哗啦哗啦说了一大通,后来刊登出来,应该有一千多字吧,我想我要是自己写文章,还能得一笔稿费呢。所以后来我几乎不干这样的事情了。但最近苏州一家电视台要我谈谈麻将,我爽快地答应了。

好多人一提麻将就说是赌博,想得太简单了。下面我来谈一些自己对麻将的认识看法。

麻将最大的特点就是雅俗共赏,雅俗共赏的东西,注定有着非同一般的过人之处。比如喝茶,我家门口修自行车的走到摊点上第一件事情就是泡一壶炒青,市长踏进办公室先要安排的,也是泡好一杯茶。达官贵人和贩夫走卒干的营生不同,但泡茶是一致的。再比如男女问题相交,这几天放假在家,看电视新闻,遇上好些个外来务工人员因男女生出的故事,有矢志不渝的情节,也有节外生枝的遭遇。再看当年的民国文人,除了那些让我牵挂了大半辈子的文章,印在我脑子里的,也就是他们不厌其烦多姿多彩的爱情故事了。回过头来说麻将,吃粗茶淡饭的人正玩得开心，吃山珍海味的人也很起劲呢。

另一点看上去似乎是从雅俗共赏中生发出来，其实还是有独立个性的，就是麻将没有高低贵贱，扑克牌从大到小有固定的论资排辈，麻将可不讲究这一套，一索一筒几乎是弱势群体了，但是你二三索或二三筒听牌，这时候的一索一筒就是你最大的贵人。

近几年我为人处事进步不小，说起来就是受了麻将的启发，一手烂牌可以后来居上，一手好牌也可能碌碌无为一事无成，你伸手摸每一张牌，都怀抱希望，你打出去一张牌给了人家机会，同时也为自己走向成功创造了条件。现在的家长望子成龙，把孩子送到少年宫去，那儿学什么的都有，却是没有麻将。我对采访我的记者说，我呼吁教育局的领导能够在学校里开设麻将课，如果有那么一天，我愿意免费编写教材并无偿授课。我曾经去过好多学校文学讲座，说实在的真要听了人的讲座而热爱文学并在写作上有所提高的，真举不出来例子，但要是去上麻将课，那是孩子们受用一生的功课啊。

今年我已经五十岁了，年初写了一首《五十初度》的打油诗："一岁年纪一岁人，而今已然不青春。东拼西凑五十岁，水墨麻将共余生。"我想把这首诗作为这篇文字的结尾，也是和大家共勉吧。

提起茶馆

茶和茶馆是两回事，就好比饭和饭店也是两回事一样，三菜一汤是家常便饭，说到冷盆热炒，就是上饭店了。开门七件事，柴米油盐酱醋茶，说明茶是很日常生活的。但茶馆的色彩就比较丰富了，也可以说茶是包括在茶馆中的，茶是净重，茶馆是毛重。

汪曾祺说："我对茶实在是个外行，茶是喝的，而且喝得很勤，一天换三次叶子。每天起来第一件事，便是烧水，沏茶。但是毫不讲究，对茶叶不挑剔，青茶、绿茶、花茶、红茶、沱茶、乌龙茶，但有便喝。"

从不挑剔和但有便喝相对说来是很随意的，茶本来就简单，再加上随意，就有点大俗大雅的含意了。反过来讲，也许就是因为茶简单了，才可以深入浅出，才能大俗大雅的。越简单越是不能追根穷源，越简单也越能体现出其中的深奥，就像是围棋，黑白两种棋子，在方格的棋盘上围地，谁围得大谁赢，一句话能将棋具和比赛的方式全说清楚，却一辈子也不能下成高手。老和尚问参悟的人，从前来过寺院没有？那人说，没有，老和尚说，喝茶去。然后老和尚问另一个前来参悟的人，从前来过没有？另一个人说，来过的，老和尚说，喝茶去。小和尚问道，来过的和没有来过的，为什么一样是喝茶去？老和尚说，喝茶去。好像茶是茶以外的所有一切，其实茶就是茶，这是关于茶的简单和深奥。

包括在茶馆里面的茶显得这样头头是道，按理说茶馆更是不能等闲视之了。但事实又正好相反，这也应验了越是丰富的东西，越是能够删繁就简。

茶馆的里面是茶水和琴棋书画之类的摆设，茶馆是一间房子，茶水是茶和水，茶和水是茶馆里的一对夫妻，地上放的桌子椅子，桌上摆的茶壶茶杯象棋围棋，墙上贴的书法绘画，这一些全是茶水的孩子。走进茶馆里来的，极少的几个冲着茶水，他们上茶馆里喝茶，俗话说叫泡茶馆和孵茶馆，泡和孵是一种消磨，年纪一点点添上去，火气一点点降下来，茶一点点淡下去，时间一点点流过去。这样的工作，其实在家里也能完成的，只是老婆在，有点儿矜持，孩子在，不能太不严肃，茶馆里的姿态要放松些，说话里的天南海北，也可以不负责任不着边际一些。更多的一些人，到茶馆里去，全是不在意茶馆里的什么，茶馆里的什么是过眼烟云，是身外之物，他们在意的是自己和自己正在进行的故事。

老朋友重逢，茶馆是从前记忆，多少楼台烟雨中，一杯清茶是喋喋不休和欲说还休，是老故事的添砖加瓦，是老朋友的锦上添花。新朋友聚会，茶馆是曲径通幽，相逢何必曾相识，一杯清茶的这一口是陌路，一杯清茶的那一口也许就是知己了。生意谈成了，茶馆是一纸合同，这是互惠互利，是你好我好大家好。生意谈不成，茶馆是来日方长，有一点遗憾，但是买卖不成人情在。

少男少女的眼里，茶馆是媒妁之言；行会组织眼里，茶馆是求大同存小异；公子少爷眼里，茶馆是吃喝玩乐；吃讲茶的眼里，茶馆是翻云覆雨；唱戏的眼里，茶馆是花雨弥漫；贩夫走卒眼里，茶馆是脑子里以

纸上滋味

后的生活；达官贵人眼里，茶馆是脚下的仕途。

三教九流眼里，茶馆是五花八门的天地；七老八十眼里，茶馆是岁月里一个永恒的码头。

等等这些吧，一路排比下来，有点过足文字瘾的感觉，回过头来看看，却还是没有将茶馆说清说透，为什么呢，实在茶馆是一部风吹哪页读哪页的书本，随便翻开一页，就是一个娓娓道来的开始，就是一个常说常新的话题。

茶馆是窗外的大千世界，茶馆也是桌上的一方地图，就这么回事吧。

园林里面喝茶

一个人喝，基本上是有点境界的表现了，一个人喝的最佳状态就是把园林当成自己的家，当然只能心里想想，不能说出来的，并且夕阳西下茶喝淡之后要起身离开，不然真有点无理取闹了。

把园林当成自己的家，按照苏州人的说法是"自说自话"或者"租田当自产"，按照北方人的说法是"不拿自己当外人"。但喝茶的人不这样看，喝茶的人是有想象力的，也能体会和把握好自己心里的美好感觉，并且十分地在意。他们这样喝着茶，也是在意窗里窗外的风景的，但这是有一搭没一搭的在意，他们觉得风景是为了自己更好地喝茶而生出来呀。他们还在意走过来走过去的游客，但这也是有话则长无话则短的在意，他们觉得游客仿佛自己的家人或者来访的客人，是放松而自然的关系，也就是说不用拘束和客气的关系吧。

一个人在园林里喝茶的第二种状态是，觉得园林里是能遇上古人的，或者他们将自己就当成古人了，他在拙政园泡好茶，好像唐伯虎已经到北寺塔了，唐伯虎也是闲来无事，出了桃花坞的家门，散着步一路

纸上滋味

走来,他也是冲着拙政园喝茶而去的,他们不期而遇,谈谈风月说说人生,一高兴还有诗冒出来。只是待茶喝淡了之后,喝茶的人才发觉其实唐伯虎没有来,其实自己一边喝着茶,一边在异想天开,但这已经是无关紧要了,因为茶毕竟淡了,毕竟喝过了,想到了就是喝茶的精彩。

一个人喝茶还有带着各式各样的功课去的,这应该是有一点功利心的,但这样的功利心因为园林和喝茶而显得生动浪漫。

两个人(含异性)在园林里喝茶,是一种交流与呼应,这样的交流与呼应在园林里喝着茶进行,是最恰到好处的"文化搭台,经济唱戏",当然这里的经济不是做生意了,这里的经济就是交流与呼应。把自己的想法说出来,把自己的观点摆出来,大家一致就会心一笑,有点分歧也会因为园林和茶而理解宽容的。

广大群众认为,两个人在园林里喝茶,应该是风雅的,应该说一些琴棋书画之类的事,他们有一些家长里短的话题,他们也想到了找上一个知心朋友上园林的茶室里面去畅所欲言,但因为说不来琴棋书画,他们就有点不好意思了,他们借口说喝茶还要买门票,还不如换个地方,他们就这样和在园林里喝茶擦肩而过了。

其实这样的想法是不对的,在园林里喝茶,只要是心底里面想着的事,什么话题都能够交谈,就是说琴棋书画和柴米油盐在园林和茶面前是没有高低贵贱之分的,而且因为园林和茶这一道特殊的背景,话题也有了另外的风采了。比如馋嘴好吃,放在文化的锅碗里,就是美食家。

而约一位异性朋友去园林里喝茶,似乎有点背水一战的意思了,整个下午,两杯茶喝下来,一般情况下是要么成为没有性别的知己,要么就迈出了男欢女爱的第一步。

三个人喝茶是同性或者二男一女和二女一男,比如张三李四王五吧,说起话来基本上王五是附和张三或者附和李四,最后就变成了一个争取王五的问题了,而待茶喝好之后,问题也不再是问题,留在公园里的,也只有曾经的喝茶了。

四个人聚到公园里喝茶,也可以看成是一桌没有牌的麻将,这样的喝茶离茶话会也只有一步之摇了。

苏州话里,"开"是一个量词,有一点"杯"的意思,但听起来比杯灵动,也比较专业。因为聊天几乎与喝茶形影不离,苏州人将一席话也说成一开,这番话像由着性子说开去,也不要负什么责任,说的人就这么说了,听的人也这么听了,所以这番话也称是"一开牛"。

光是喝茶说话的茶馆一般称做是"清茶馆",在清茶馆里说话最大的特点是你说你的我说我的。清茶馆比较朴素,基本上是素面朝天了,而园林里的茶室,应该属于清茶馆这一类的了。

碧螺春

说起碧螺春就要说到太湖。

苏州旧城区的方圆不大,在这样相对不大的格式内,点缀着百余座大大小小的园林,这些大大小小的园林,在外地人眼里,这是古典园林,是世界文化遗产,在苏州人看来,跟自己家的后院似的。苏州人和园林都生在苏州,这是一种约定俗成,是一种日常生活。

回过头来说太湖,太湖也是吧。

打一个比方,一个楚楚动人的女子,在你眼里,就是心仪的对象,你希望成为她的恋人,如果觉得太可望不可及了,你还是在心里面一遍一遍地呵护着,而且是一点情绪都没有的。别人要当着你的面对她说三道四,你会认真起来,甚至会翻脸,别人要在背后说,你知道了也会很难过。

而这个楚楚动人的女子对我们来说,却是另外一种态度,我们甚至都无所谓她的好看难看,好像她的美丽大方和朴素善良都是该着的,为什么呢,因为她是我们的家人,是我们的母亲或者女儿。

这样的一种状态，和苏州人对待太湖的态度有点仿佛。

换一个地方，这么好山好水的风光，是名胜和景点，在苏州就成了靠山吃山靠水吃水的一方水土，这也是一种约定俗成，是一种日常生活，也正因为太湖与苏州这样的关系，所以你要话说苏州可以从太湖开头，你要话说太湖也可以从苏州说起。

比如刚才，朋友约我去饭店吃午饭，饭桌上好几道菜，银杏板栗呀，河虾白鱼呀，莼菜汤呀，这一些全是太湖特产。我们也不是专门为了吃太湖特产而去饭店的，饭店也不是专门为了我们准备了这些饭菜的，我们如果去另一家饭店，七七八八差不多也就这几道菜吧。

比如现在，我坐在书房里写作，泡上一杯碧螺春，我们从碧螺春说开去，也是一个青山绿水的太湖。有时候碧螺春喝完了，泡一杯炒青，这个炒青，也是长在采碧螺春的那株茶树上的。

昨天呢，昨天的现在这个时候，我刚好去太湖边的香雪海看梅花了，前天呢，前天好像和太湖无关，这也很正常，就像是自己的家人，你也不是一天到晚老泡在一起的呀。

这一些话，算是一通锣鼓家什，锣鼓家什一打，碧螺春就要粉墨登场了。

各式各样的绿茶汇集在一起就要排定一个座次，这一个座次有点像乒乓球的排名，排名是天底下的一种认可，排名第一应该是很牛的事情了，碧螺春是绿茶中的第一位，碧螺春排在第一名，已经有数百年的历史了，从前就是它，将来应该也不会有什么变化了，这是和乒乓球一个比较大的区别，乒乓球以前是孔令辉第一，差不多是二三年前吧，现在换了马琳了，不出三五年还会换成别的谁，乒乓球好像走马灯，碧螺春就是铁打的营盘。

爱好喝茶的朋友到了春节过后，有两三个月心不在焉的日子，去

纸上滋味

年的新茶喝得差不多了，存在的也没有那么有新气了，这一种感受和遇上新媳妇仿佛，新媳妇也是新的，却是和小姑娘有区别的呀。今年的新茶却又还没上市，是一种将要上市而还没上市的状态吧。乍暖还寒的早春，福建、云南、四川的绿茶先期而至了，这是热带气温里早熟的绿茶，也是青翠的模样，喝起来却比较单薄，也没有回味，大家想到了碧螺春，却也只能干巴巴地等着。

洞庭碧螺春集团的汤总是我的好朋友，汤总是南京人，却十分理会苏州人和碧螺春，提起碧螺春好像就是说起自己的孩子，别人家的孩子和自己的孩子是有明显区别的，见到或者谈到别人家的孩子，基本上是雁过拔毛，三言二语却又有点斟词酌句。一到了自己的孩子，就顾不了那么许多了，也不管别人爱听不听，我行我素一五一十地讲下来，是一副向来知根知底和依旧意犹未尽的表情。

3月初头上，突然刮起了大风，还有些绵绵细雨，我关好了门窗死心塌地在家里看书，傍晚的时候，风小了许多，雨也停止下来了。我的电话铃声响了，是汤总的声音，汤总说，你不要走开，我来看你。

汤总带了半斤碧螺春来，是特级之前的品种，因为有黄叶就不能作为特级来处理了，炒的时候水分也没有彻底去净，就是为了好朋友大家尝尝，先睹为快吧。最最新的碧螺春滋味和香气是完全和完整的，喝到嘴里是旧地重游和老友再聚，还是别出心裁和焕然一新。

黄叶和干燥不充分，对于老茶客来说，基本上是忽略不计的，式样是给顾客看的，就像女演员是给观众看的一样，茶叶对于老茶客，好比是平常生活中的女朋友，可以你来我往，也可以谈心聊天，女朋友或许没有女演员那么好看那么善解风情，却是朴素实在的，也是大大方方的。

很早之前，十多年或者二十年吧，碧螺春差不多是8元至10元一斤，身在吴县的干部能够近水楼台享受的福利，就是每当碧螺春即将落市之际,花一个炒青的价格,带上二斤碧螺春的屑末回家,这样的屑末,大家称之为"碧脚"。

现在没有"碧脚"之说了,现在人的生活条件提高了,大家图着尝个新鲜,改革开放之后,来来往往的人也多了,碧螺春是请客送人首选的礼品。东、西山地方就这么大,碧螺春就这么多,"碧脚"混在人堆里,是心照不宣的事,说到底按照现在的情形,"碧脚"混进去了,还是供不应求。

同样的原因,一些福建、云南、四川的茶商和东、西山的茶农看准了其中的商机,将外地茶叶运过来,依照碧螺春的制作方式,乔装打扮一番,就作为碧螺春待人接物了,滋味完全是风马牛不相及的,价格也是天壤之别,东西山的特级碧螺春新上市的时候是千元之上,外来民工式的碧螺春也就百十元钱左右了。还有一种做法是将本地碧螺春掺杂了外地茶叶一起鱼目混珠,因此东、西山有父亲给儿子是六四,儿子给父亲是四六,六四和四六是本地茶和外地茶的比例,靠山吃山,东、西山人祖祖辈辈做茶叶生意,不同的是四六的儿子少了些岁月的磨砺,六四的父亲多了一份质朴的真情。

土生土长和矢志不移用在植物身上,再妥当也没有了,园林和丝绸,苏帮菜和评弹,几乎就是苏州的代名词,碧螺春也是,因了时令来照章办事,一年就这么一回,美得跟牛郎织女似的。也不是很冲,却有滋味,风骨和气质像一个风雅的文人,因苏州生长,也只能在苏州生长。

地理环境是依山傍水,东、西山的地质地貌是风和日丽鸟语花香的境界,碧螺春就交织在花树和果树之间生长,碧螺春躲在高高大大花树果树下面,阳光和雨露透过花树和果树的枝叶,有一搭没一搭地落在茶树上了。当现代社会的农业文明开始关注并且实施各类植物交差种植的时候,太湖之滨的东、西山在好几百年前就开始了这样的实践,或者就

纸上滋味

是这样的缘故，碧螺春有一种特殊的花香和新鲜的水果味。

依照汤总的说法是，这花香和新鲜的水果味和制作方式也有很大关系，碧螺春是锅不离火，手不离锅，一锅到底，快慢松紧的调度全凭手上的掌握，也可以说这是工艺是经验而不是科学。

不久之前听说有关方面拨出款项，用于茶叶加热锅的研制，通过代替人工操作来提高生产力，这实在是一厢情愿的事情，是对传统和约定俗成的损害。法国人的葡萄酒出名，到了采下葡萄制作的时候，大家依旧是光着脚丫在装着葡萄的缸里踩来踩去，为什么相对先进的法国人不用机械化代替人工劳动呢？为什么踩出来的葡萄酒要比机器捣的贵出好多呢？想通了这些问题，加热锅的研制就意义不大了，真要搞成了，也就更没趣了。

几年前我曾经参加过一个碧螺春民间故事的电视创作，碧螺春的民间故事说，碧螺春要未出嫁的姑娘才能摘采，采了之后还要说在自己的胸口捂一下，另一个说法更绝，说是要未出嫁的姑娘用嘴才能摘采，这是比较有美感的镜头，我们的电视创作就选用的这个说法，最后看过片子的专家说，国际上会有异议的，用嘴采多不卫生啊，这真是哪儿跟哪儿呀。

碧螺春最早叫"吓煞人香"，后来拿了皇帝说事，说皇帝觉得"吓煞人香"这个名字有点粗俗，就题下了"碧螺春"的名字。其实"吓煞人香"朴素实在，也是大俗大雅，碧螺春虽说是文人笔墨，却还是少了几分灵动和才华的。

太湖翠竹

　　太湖分摊到无锡人头上，其实没有多少，但这一点，真的不重要，重要的是无锡人时刻将太湖放在心头上了，他们在自己的产品注册商标时，首先想到的就是太湖，太湖是公寓别墅，是食品熟菜，是股份公司，是街头小店，他们甚至将民歌《太湖美》作为市歌来唱，他们放声高歌《太湖美》的时候，有人说这是逢场作戏的经济意识，是虚晃一枪的信手拈来，这真是有点片面了，因为说这个话的人，真的是没有体会到无锡人内心深处对太湖的热爱啊。

　　比如茶叶，就是起了个太湖翠竹的名字。

　　太湖翠竹的样子有点像瘦金体的书法，是将铁划银钩张扬到了一种极致吧，也不是土生土长的无锡茶树，据说是从福建一带移植过来的。在制作过程中，碧螺春是重揉，然后香气得以充分挥发，太湖翠竹是轻揉，轻得跟抚摸似的了，所以保持了一副好身材，但喝起来有点青涩。不过泡在玻璃杯里看起来，真是赏心悦目，所以我觉得太湖翠竹是茶叶中的女模特。

"无锡锡山山无锡"是一副对联的上联，下联是有不少的，但都是比较被动，也就十分牵强了。还有一副对联，上联是"油面筋"，下联是"肉骨头"。合在一起分别是两样食品，拆开来六个名词，全是人体或者动物身上的零件。油面筋和肉骨头，刚好又是无锡的两样特产，你说巧不巧了。也因为这个缘故，很长一段时间，无锡在我心目中，好像是一座文字游戏的城市。

第一次去无锡是小学四年级，大背景是这一年国家将升学时间从寒假改到暑假里来了，我们好像要多读半年书，就是本来按理说我们要升五年级了，现在还要再读半年四年级。但是学校里四年级的课已经上完了呀，所以这半年举办的活动多了起来，去无锡就是其中的一项吧。

学校的说法是为写作文去的，大家参观了太湖边的鼋头渚、锡惠公园，还有梅园，当时有一个同学说梅花其实也不一定有什么傲霜斗雪的想法，她可能比较适合在冬天生长，她要是生在夏天的，我们又能说些什么呢？老师讲评的时候说这个同学的思想意识有问题。

我一直有一个念头，就是用小学生作文编印一本导游书，也可以请他们配一些插图，这肯定是很有趣的。

苏州到无锡只是半小时的路程，苏州人眼里的无锡，基本上不能算是外地的，好比阿姨或者小叔子，他们是亲属，但感觉上和家属差不多吧。但虽说是比较近，也不是有事没事老去的那种，还是这个比方，你老往阿姨家跑，不是很无聊吗？

现在苏州的大街小巷里，无锡馄饨无锡小笼的点心店开出来不少，其实滋味是不能和无锡当地相提并论的，这一点和南京盐水鸭仿佛，南京的大餐馆小饭店也不是都能把菜烧好的，但一道盐水鸭是没话说的，大江南北的地方，也有做盐水鸭的，甚至也有南京人的铺子，味道就是不及南京本地。

我有一次无所事事地去无锡，就是与无锡馄饨无锡小笼有关了，说白了我突然很想吃这两样点心，是一种"别来忽忆君"的感觉吧。专门乘了火车去吃馄饨和小笼，好像有点大动干戈了，但后来我又一想，人家一男一女两地分居，为了见上一面，不也是火车汽车地赶过来赶过去的吗，按说当地异性是满街都是，为什么非要赶这么远的路去见这个人呢，道理不是一样的吗？当然我和馄饨小笼不是恋人，馄饨小笼也不会打着车到我餐桌上来吧。

吃完了馄饨小笼之后，时间还早，我就打电话约一位无锡的朋友喝茶。

朋友见到我的时候很惊讶，问了两三次说，你怎么来了。我就我就是来吃馄饨和小笼的，俗话说酒香不怕巷子深，你们的馄饨小笼做得好，这也是筑巢引凤啊。朋友似乎还没有反应，硬要请我吃饭，我只好再说一次，我已经吃过了，吃了馄饨小笼，我就是为吃这个来的。朋友终于明白过来了，我们找了个地方，喝茶聊天，说说人事的张三李四，说说文章的起承转合，直到天色有点晚了，我起身要回苏州，朋友就送了我两听太湖翠竹。

太湖翠竹的香气还是比较重，喝起来也爽口，最好的状态是饭后喝一点，将酒足饭饱冲淡一些，然后换上另外品味的茶，能够更加充分地体会。

雨花茶

雨花茶不是历史悠久的名茶，雨花茶是1958年才创立的，这样的名字，就是纪念雨花台革命先烈的意思。

我去南京差不多已经快要长大成人了。

我上小学的时候，刚好南京长江大桥造起来了，数百里之外的苏州，也锣鼓喧天地热闹过好一阵子。学校里布置了关于长江大桥的图画作业，因为蜡笔本身就比较笨拙，再加上桥面上开汽车，桥中间开火车，桥下面的水上还要有轮船经过，这样画出来的作业，长和高几乎是差不多的，这说明了我当时虽然缺乏想象力和艺术感觉，但毕竟是一个一是一二是二的人。

真正往心里去的风景是秦淮河，这个念想是怎么生出来的，已经记不得了，反正不是读了俞平伯和朱自清的文字，他们的文字只是加强了心里的念想，这样的念想，可能稍稍是有一点点黄色，但主要还是风花雪月的成分要多一点。后来我第一次去南京出差，下了火车就去夫子庙，看到的却是一副集贸市场的样子，真是有点哭笑不得了，我记得当时还有一个手里提着领带的小贩，一个劲地问我要不要领带。

小贩说是要不要领带，十元三条。我要那么多领带干什么呢？真是的。

有一阵我一直要去南京出差，是将编好的稿子送给出版社终审，稿子是校园文学的内容，每一回是二到三天，住在出版社的招待所里，靠在招待所边上的是一家点心店，这一家点心店除了对外供应点心，其他的和人家几乎一式一样了，桌子可能就是他们吃一日三餐的桌子，炉子也是他们自己烧饭的炉子，进去之后坐下来，几乎就是他们家的亲戚了。

点心店的生意很清淡，点心只有面条和馄饨，滋味不能说很好，但看上去很干净。点心店的主人是一个七十开外的老头和一个二十左右的女孩。老头指挥女孩一些事情，对客人却十分热情开朗，女孩一直是细声细气的样子。老头应该是祖父吧，女孩就是孙女了，老太可能不在了，女孩的父母可能早出晚归上班，或者就是在外地工作的。这是多好的一家人家啊，我当时也是青春年少，心里想着在这家人家多呆一会儿，或者将来有可能我们单位在南京建立一个办事处，我就要南京办事处工作，生活真是太美好了。

后来去的次数多了，老头和我的话也多了，有一次老头在我吃馄饨或者面条的时候问三问四地说，哪儿人呀，做什么工作呀，今年多大了呀，这使我觉得八字几乎是有了一撇了，但是老头紧接着说道，他自己已经76岁了，有5个儿子，他和最小的孙子一起过，那个女孩就是孙媳妇。

我在出门的时候莫名其妙地对那个女孩生气起来了，明明是孙媳妇，还要装得像孙女的样子，多不好啊。

再去南京时，我又去了一两次点心店，还是老头和女孩在那里张

纸上滋味

罗，我只是填饱肚子，那样的感觉却一点也没有了。

关于南京还有一件值得记录的事情，就是我的同学季海跃当年毕业分配去了省武警部队，他是学财务的，但一开始在监狱里实习，这一天正赶上风雨交加，一个犯人企图越狱逃跑，季海跃在警告无效的情况下毅然举起了手枪并打中了犯人的屁股。这一枪使他荣立了三等功，并在人生的道路上，完成了一个白面书生到革命战士的转折。

还是回到雨花茶上来，最初的雨花茶，就是在我这个同学那儿喝到的，那一次出差是傍晚的火车，到南京已经很晚了，找了住的地方，房间里却没有茶叶，出门走了几家小店，也没有出售，南京人喝茶似乎远不及苏州人兴旺。一边是升上来的茶瘾，一边是人生地不熟的街头，我想到了毕业之后分配在南京边防检查站的同学，就给他打电话，我说我到南京了，你来看看我，再带一点茶叶来，一定要带的，哪怕你不来，茶叶也要来看我的。

这时候已经是晚上10点多了。

海上花

海上花是一个现成的名字，用在这里，说的不是花朵，而是花絮的意思。

提起上海来，真的不好意思，我在小学三年级之前，一直以为自己是上海人，说起来上海人也不能享受什么特别的待遇，因为当时我们使用的日常用品，比如缝纫机自行车什么的，都用的是上海产品，或者说上海产品在同类产品中比较有品牌吧，所以心里总觉得有点优越感和荣誉感的。

我为什么觉得自己是上海人呢？因为我父亲在苏州火车站工作，苏州火车站属于上海铁路局，火车站的职工子弟，比如我吧，要生个病什么的，就要到上海的医院里去，其他同学是两节课后家长推着自行车上医院的，我是一大早由家长带着乘着火车去的。直到四年级之后，我才渐渐明白过来，我其实不是上海人，我父亲也是土生土长的苏州人，他只是在火车站工作，而这个单位偏巧归上海的一个部门管理，这是丁是丁卯是卯，我和上海的关系，充其量也就是远房亲戚吧。

这期间我随父亲去看过一回牙齿，检查过一次视力，并去过一次西郊公园，去过一次老城隍庙，还有一次是去看父亲的一位朋友，这也是我第一次坐电车吧，还走过好几条弄堂，弄堂的口子上有一家小店，小店里有一架公用电话。上点年纪的上海人，一半坐在小店里的，一边摇着扇子，一边在听半导体；一半在小店外买东西，或者提着买好的东西，回头朝弄堂里面的家走去。

之后的好多年，就是上中学的时候，我一直没有到上海去过。只是我在铁路中学读书，铁路中学的不少老师是上海人，比如教我物理的戴老师，教我语文的魏老师，教我外语的孙老师。孙老师是我们班主任，每天都要布置外语背诵的作业，谁完不成就留下来，直到背出来才放人，但一般情况下周末要相对宽松一点，周末家在上海的老师都要回去，当时我们自觉性也差，不明白老师这样是真心为我们好，所以星期五的作业相对很放松，因为星期六老师要回去的，他们乘火车回上海，火车不等人，他们对待大家就不那么斤斤计较了。所以当初我们已经有了一点双休日的意思了。

后来铁路中学解散了，不少老师也调回上海去工作了，有些人早就退休了，比如戴老师，戴老师退休后还到苏州来看看从前的学生，主要是当时的班干部，我不在其列，这也是从他们那里听来的，对我而言说起往事还是想念的，毕竟师恩难忘记。

现在我和上海的联系比较多，来往的机会也多，也看到了不少有关上海的资料。其中有一条是当时不少苏州的文化人，都是在上海生活工作的，比如周瘦鹃，他在上海办报刊，搞得红红火火的。但当时没有我，要有我的话，肯定应该和周瘦鹃认识的，因为是同乡的缘故，搞不好还是合作伙伴呢。

我是为了写茶而提到上海的，而茶却怎么也插不进去，上海是夸夸其谈的发言者，而茶是插不上话的与会代表，而我更像是一个开座谈会的主持人。好的主持人能恰到好处地打断一些发言，又能不露声色地提起一些话题，而不动脑子的做法，直截了当地说到茶上就是了。

清朝人的《续茶经》中提到，"松郡佘山亦有茶，与天池无异，故采造不如"。松郡佘山说的是上海松江一个名叫佘山的地区，说明了上海也产茶叶的，只不过上海产的茶叶不怎么有名，大家也没太听说吧。上海出名的是茶馆。

上海是一座比较新兴的城市，也是一座飞奔着向前日新月异的城市，日新月异就是来不及留下一些从前故事的痕迹，新的篇章又开始了。

也许就是大海带来宽广吧，上海是一个兼收并蓄的城市，一个非常善于兼收并蓄的城市，以至于还没等到缓过气来过滤和思考，别人已经在这里生根发芽开花结果了，所以上海是五光十色的上海，上海的茶馆也是五花八门的茶馆。五花八门是因为各式各样的人到上海来了，他们又开出来了各式各样的茶馆。江浙风味的有，南国风情的也有，当年的同芳居是小有名气的广州茶馆，南社的苏曼殊是广东人，在异地他乡的上海，见到了同芳居，感觉就是见到了失散多年的亲人，也就像是回到老家一样了。苏曼殊特别偏爱吃甜食，同芳居有一种名叫"摩尔登"的进口糖果，是苏曼殊的情有独钟，每次喝完茶离开的时候，他总是要带上好几瓶去。现在，这一种糖果早已经改进发展了，与原来的滋味，已是面目全非了，而原来吃糖果的人，也已经走出去很远很远了。

"在这个古老的茶馆中，我们不难会见一两个有学问有身份的中国人，他们一面喝着香茗，一面神游故国，追念着这古老中国的过去的光荣，一面向往着凤凰的再生。"

这是外国人爱狄密记在《上海——冒险家的乐园》一书中的文字。

纸上滋味

爱狄密还说："我们一人叫了一碗花露茶。这古老的茶馆真有一些古色古香。茶的名称既叫得这样稀奇，盛茶的杯子更格外来得特别。奇形怪状的杯子上刻划着奇形怪状的花纹，偻背的老头子靠着跷脚的鹿，弯弯曲曲的花衬着点点划划的字。我原本是不识货的，后来听人告诉我，杯子上的字是'大富贵亦寿考'和'三星高照，五福临门'。好彩头。"

鸿福楼、一洞庭湖天、五福楼、江海朝宗一笑楼、五云日昇楼、龙泉楼、三元同庆楼、一壶春、一林春、凤来阁、万福楼、鹏飞白云楼、一春台、得意楼、太阳日月楼、四海萍萃楼、锦福楼、万祥春、九皋鹤鸣楼、群芳花萼楼、四海心平楼、金波玉泉楼、碧露春、乾元品春楼、西园、三万昌、仪园、顺风楼、留园、四海昇平楼、青莲阁、五层楼、万华楼、沪江第一楼、乐也逍遥楼、长春楼、秋月楼、玉龙台、四海鹤扬楼、金凤阁、渭仙楼、西新楼、海上德星楼、月华楼、德兴楼、玉楼春、风生一啸楼、风月楼、满庭芳、凤鸣楼、怡新楼、四海鸿运楼、龙园、祥春楼、锦绣万花楼、百花楼、万宝楼、德园、宝元楼、爱吾庐、同芳居、怡春居、玉壶春、潮阳楼。

这一些全是当时茶馆的名字，合在一起有点像流水账，也有点像绕口令，这是南社的陈无我在《老上海三十年见闻录》罗列出来的一家一家茶馆，现在，这一些茶馆绝大部分已经烟消云散了，从前的岁月是一只茶杯，从前的文字，就是泡在杯中的茶叶。

太平猴魁

许多茶叶的名字,很像书画中的闲章,比如太平猴魁。太平猴魁的样子,很直接地让我想到了"粗枝大叶"这个词。当地谚语说,"猴魁两头尖,不散不翘不卷边",这样大手大脚大大咧咧无拘无束的绿茶,实在是很有个性。

说起太平猴魁,就要提到徽州,提到徽州,就想起徽州的吃食。臭桂鱼、毛豆腐、一品锅等等,徽州菜简直太一方山水了,为什么这样说呢,因为徽州生得山重水复的样子,赶路实在不方便,赶了早市买菜,回到家已经是黄昏了,所以因地制宜的吃法就应运而生了,和这样的吃法相适应的,就是比较又辣又咸,臭桂鱼和毛豆腐好比一件西服,辣和咸就是配这件西服的领带。这一点我不是太适应,我是比较纯正的苏州口味,辣是一点都不碰的,这好比涉外婚姻,有些人习惯,日子也过得有板有眼,有的人豁出去之后,坐着飞机千里迢迢地赶到国外,白天晚上全是一派陌生,真是欲哭无泪啊。

每天夜里,我要等到12点之后,去街上吃一碗小馄饨,然后就觉得踏实了,再回去睡觉。小馄饨的摊子要12点过后才摆出来,那时候城管下班了,估计小馄饨摊是一家无证摊贩吧。

我是为一家电视台写《徽州》的文字而去的,记的全是和徽州从前的春风得意有关,这样的文字,是一个轻灵飘逸的文人和满腹经纶的学者在侃侃而谈,对于徽州,我几乎有点一问三不知的感觉,但形成的文字,就是一副什么都懂什么都知道的样子吧。

我就想着从前的徽州在现在的风景里走来走去,好几回觉得很有难度,我要对着老态龙钟的女人,描绘她妙龄少女如花似玉的情态,这是要有耐心和心情的工作啊。

当然也能遇上一些意外的感动,徽州从前有个说法是"程朱阙里,不废诵读",到后来忙出忙进七弄八弄地诵读的风气就淡下去了。我在走过一个不起眼的旧村落时,看到村口的墙面上,依稀可辨的,是很规范的楷书写就的"识字歌"。识字歌是一些朗朗上口的常用词,想来是解放初期人民政府发动扫盲时落下的痕迹,"之乎者也"的字里行间,落魄成了墙上的一点一划,反过来程朱学说也应该是从识字歌开始启蒙的,这叫我说什么是好呢。

不久以后拍摄开始了,有一个深山里的古村落,剧组进不去,村子里连夜推倒了几间路边的房子,然后开出一条路来。

剧组准备拍摄的是傩舞,偏偏会跳这个舞蹈的老头死活不愿意,说是住在他家隔壁的邻居不让他跳,不吉利,他在几十年前跳了一次,邻居曾经把他狠揍了一顿,然后大家都很不开心,他也一直没有跳过这个舞蹈。村领导说,这一回你跳就是了,村里面给你做主。

拍摄的当天正好赶上采茶的日子,村领导说,今天不用去采茶了,学校里也停课,大家都到祠堂里去看戏。

领导还说,总要挤得满满的,拍出来才像个样子嘛。

我从徽州回家的时候，正赶上出门打工的民工离家出门，火车已经超载了，经过绩溪的时候就象征性地停了一下，车门也没有打开，站台上黑压压的民工一片失望。

从前的徽州还有一句俗语是"十三四岁，往外一丢"，往外一丢就是出门打工的意思吧，因为地少人多，出门打工的习俗保留至今。

绩溪我没有去到，这是胡适的家乡。

其实我喝过的茶叶还有好多，就像我听过的地方戏还有不少，但有的根本听不懂，有的也没听出什么特别的味道，还有的体会是有的，但不过是片言只语，还没说重头，已经结束了，喜欢说话又比较啰嗦的人，遇上这些话情愿沉默，他们从不干这样的蠢事，我也是。

茶之初

传说是在神农氏的时候，"神农尝百草之滋味，水泉之甘苦，令民知所避就，当此之时，日遇七十毒，得茶而解"。这一段话的意思有两层，第一层说远古时期，就有了神话和茶叶，第二层说神农全凭了茶叶，才得以百毒不侵和化险为夷的，因此茶叶是有一定的药用作用的，但茶叶肯定不是药物，我们约在一起常说大家去喝茶吧，却没有听说过大家约好了一起去吃药。

之后是在春秋战国时期，《晏子春秋》中记载说晏子过着相对简朴的生活，一日三餐除了几样荤菜之外，还有的一道素菜就是菜叶。当菜吃是要放佐料的，而且主要的功能是"下饭"或者"过饭"，可见茶叶一步一步走到今天，也有过不少意料之外的遭遇。

直到现在，还有云南一带的少数民族，保留着晏子的这种吃法，他们将刚摘下来的新鲜茶叶，剁碎了再放上蒜姜辣椒油盐酱醋，制成凉拌菜之后，打发一日三餐。

茶叶泡成茶水，再把茶水喝淡了将茶叶倒掉，差不多也是周朝和春秋时代的事情，到了晋朝就基本上明确了这样的一个方法，晋朝郭璞在《尔雅》这部辞典上说茶叶"可煮作羹饮"，基本上确切了茶叶作为饮料的身份，茶馆也是在这个时候应运而生了，也可以说，先有茶叶，然后有茶馆，茶馆是茶生的蛋，但是茶馆又像鸡一样有头有脚有五脏六腑，而茶叶却像鸡蛋一样直接和简单。

好比说朋友、弟兄、哥们、知己，说的全是要好的人际关系，茶肆、茶坊、茶室、茶寮、茶亭、茶社等等指的就是茶馆，是茶馆的另外一种说法，是不同时期的茶馆吧。

茶馆的前世或者说最早的茶馆是茶摊，有关茶摊的记载最初是南北朝的小说《广陵耆老传》，说是东晋元帝时，有一位卖茶的老太，沿街叫卖，东奔西走的人路过这里，觉得喝口茶歇歇脚心情会好许多，再进行接下来的工作，也能自然而然地顺当起来，因此茶摊生意兴隆。卖茶老太的非同一般在于身边那一罐茶水怎么舀也舀不完，再多的顾客，茶水依旧是源源不断，她的另一点非同一般是将卖茶得来的钱，尽数分散给了附近的穷人，这样的访贫问苦直截了当，也更能够解决大家的燃眉之急。没有多久官府知道了这件事，对老太很不开心，至少她为群众谋福利使得官府的脸面很不好放了，他们就找了一个市政或者工商上的借口，将卖茶老太拘留起来。小说的结尾是当天深夜月黑风高，卖茶老太跃上监狱的窗子，双足一点飘然而去。

如果把小说比作井水泡的茶水，神话就是泉水泡的茶水了。《广陵耆老传》是有神话气息的小说，只是在这里《广陵耆老传》是一部怎样的小说不重要了，小说里的老太从哪里来上哪里去，她是仙风道骨还是凡夫俗子也不重要，重要的是小说说明了东晋元帝时已经有了茶摊，这样的记载，使茶馆有了源远流长和有案可稽的意思了。

茶摊是茶馆的昨夜，茶馆是茶摊的今晨，茶摊是茶馆的前世，茶馆是茶摊的今生，茶摊是茶馆出场前的一通锣鼓家什，茶馆是茶摊歇下气来之后的一次粉墨登场。

差不多就是老太在街头叫卖茶水的这个时期吧，有关茶叶的活动也开始在各方面风起云涌地开展起来了。当时的士大夫和老百姓，在迎来送往待人接物时，茶已经是一个少不了的开场白了，而且在活动进行的过程里，茶也一直横贯其中。

桓温是扬州的一个政府领导，桓温在接待参观和来访客人的时候，就是一杯清茶和七只果盘，这是茶话会的结构，也是清廉节俭的作派，没有吃着大鱼大肉的上司，下属当时怀一点遗憾，过后却感到了一些新鲜，他们说桓温的饭局是"茶宴"。茶宴是最初和最直接的与茶趣味相投的一种吃喝。

这段故事还应该是"以茶代酒"的一个说明吧，酒一向比较热情奔放，茶从来就是文静温和，理论上她们是不能相互替代的，但在实际操作中，却有意想不到的美妙。以酒代茶的机率相对少一点，这是比较张扬的豪迈，几乎是有点夸张的意思了，心情激动也不能玩命地喝酒呀，劳民伤财不说，还被人笑话，这是很不值得的事情。以茶代酒就有点灵机一动和峰回路转的味道，彬彬有礼和你推我让的程式都有了，又不伤大雅，还意犹未尽，真是两全其美了。

"但用东山谢安石，为君谈笑尽胡沙。"这是唐朝诗人李白的句子，另外还有一则故事，与谢安有关，说的是这位在自己组织的淝水之战开打期间，还在与别人下棋的传奇人物。谢安前往吴兴探望太守陆纳，陆纳兄长的儿子安排了宴席款待谢安，一是礼节，二来也是有一点崇拜之心吧。席间大家谈笑风生，待谢安酒足饭饱出门而去的时候，陆纳就对着自己的侄子板下脸来，拿出夹板打了侄子四十大板，嘴里面还念念有词地说道，不能够为我这个做叔叔的增光添彩，反而还要玷污我一向艰苦朴素的名声，不打你打谁？

俭儿热情好客也是情有可原，备下一桌酒席是替叔叔撑场面，很快地完成也说明家里也不是一点酒菜也没有。陆纳动了家法，是真的发火了，至少说明在他心里一杯清茶几碟瓜果是至高无上和神圣不可侵犯的。

桓温和陆纳全是书里面的记载，其他的百姓和文人书里面没有说到，他们应该在书外的街上走来走去，他们喝着《广陵耆老传》中卖茶老太的茶水，在晋朝的街上走来走去。

唐朝茶事

如果说晋朝的茶摊是"小荷才露尖尖角",那么唐朝的茶肆、茶坊就是"映日荷花别样红"了。

"自邹、齐、沧、棣,渐至京邑城市,多开店铺,煎茶卖之,不问道俗,投钱取饮。其茶自江淮而来,舟车相继,所在山积,色额甚多。"这是当时的吏部郎中封演,记在《封氏闻见记》中的一段话。这一段话里面,实在是包含了好几层意思,这样的意思是言简意赅的,这样的意思也是弦外之音的。

言简意赅说的是当时从山东经河北到长安,这一路上全是卖茶的店铺,大家也没有什么来龙去脉好问好说,想要喝茶掏钱就是,一手交钱一手交货。赶在路上的人觉得目的地太遥远了,就将它分成几个喝茶的段落,走着走着,就遇上了一家喝茶的店铺,要一碗茶,歇一歇脚,再重新上路,坏心情全丢在来时的途中,好心情保持在行走的脚下了。

弦外之音是,唐朝车来人往的一路上,有不少大大小小的茶馆,因为喝茶的人多,所以生意不错,因为生意不错,所以茶馆越开越多了。

言简意赅说的是经营茶馆的茶叶全是产自南方，因为茶馆的生意红火了，作为配套设施和后勤保障，运输茶叶的行业，也是兴旺发达。茶馆里的茶叶堆得跟小山似的了，运输茶叶的车船还在忙活，行人要喝茶，店铺要挣钱，茶叶几乎是皇帝女儿不愁嫁。

弦外之音是，不产茶叶的北方是蔚然成风，生产茶叶的南方也不是剃头挑子，北方是愿买愿卖，南方也是生意兴隆。路边店是像模像样，市井之中更是有行有市。

为什么偏偏到了唐朝茶馆就雨后春笋般地越冒越多了呢？为什么偏偏是唐朝人有事没事地爱往茶馆里跑了呢？

《封氏闻见记》说："开元中，泰山灵岩寺有降魔师，大兴禅教。学禅，务于不寐，又不夕食，皆许其饮茶，人自怀挟，到处煮饮。从此，转相仿效，遂成风俗。"

唐朝是大兴佛教的朝代，和尚是言传身教的佛教，他不提倡吃晚饭，大家只好饿着肚皮，他大力弘扬茶道，大家就一传十，十传百地泡茶喝茶了。所以茶馆的兴起和寺院佛教有关。

唐朝选拔领导干部的制度是科举，唐朝政府旗帜鲜明地规定，没有参加科举，就不能当宰相。读书人三更灯火五更鸡，一副哈欠连天的样子，到了考试期间更是精力不济，朝廷就让家人送一些茶水和瓜果去考场，这样一来二去，大家喝茶上了瘾，读书人对于茶脱不了身了。所以茶馆的兴起和科举有关。

唐朝最擅长和得意的是唐诗，唐诗也是流传下来并且拿得出手的中华文明，唐朝的时候，你只要说一个李白或者杜甫的名字，就有人伸出手来，将你领回家，把你当一家人看待。"茶引文人思"，唐朝的诗人，多得也是千军万马似的，他们开笔会或者聚在一起，少不了泡茶助兴，这么多的诗人就要泡这么多的茶，大家喝着喝着就习惯成自然了。所以

纸上滋味

茶馆的兴起和诗歌有关。

也是在唐朝，出现了一位因茶赫赫有名和与茶息息相关的人物——陆羽。《新唐书》说："羽嗜茶，著经三篇，言之源、之法、之具尤备，天下益知饮茶矣。"历史书是文言文，也似乎比较矜持，放在白话时代摊开来说，陆羽和茶叶，相当与鲁班和木匠工作，相当于王羲之和书法。因此不少茶馆都在灶头上供奉着陶瓷的陆羽像，遇上生意清淡的日子，就将茶水一遍遍地往陆羽身上浇，这是特殊的香火。

但是与后来的宋朝相比，唐朝还不是茶馆发展最完美最如火如荼的朝代，如果说晋朝的茶摊是"有女初长成"，唐朝还只能说是闺阁之中的楼上楼下，只有到了宋朝开始，茶馆才跟一家之主似的登堂入室了。

宋朝茶事

宋朝好比是一位少妇,是中国历史和文化比较成熟的一个朝代,成熟就有话可说,后来的人评论和总结宋朝是有话要说,当时的人发表和指点宋朝,也是有话要说,大家就往茶馆里跑了,至少茶馆是一个有听众的地方。

所以从宋朝开始,茶馆是一张水做的名片。

也就是说。张三李四往茶馆跑,不是为了喝茶,茶是一个由头,是虚晃一枪,喝茶以外的才是正事,才是更重要。但是这样的正事好像是一辆汽车,离开了茶这个汽油似乎又有点不知所措了,不知道怎样开始,也就没有了怎样进行,在原地打转,着急也是干着急啊。

应该就是这样的考虑,宋朝的茶馆有点有感而发,宋朝的茶馆也有点分门别类,有感而发和分门别类是宋朝茶馆最大的特点吧。

"京师樊楼畔有一小茶肆甚潇洒清洁,皆一品器皿,椅桌皆济楚,故买茶者极盛。"这一家记在《摭青杂记》中的小茶馆,这一家小茶馆,仿佛一篇精美短小的散文,这样的清洁的环境,精品的茶具,是宋朝茶馆的一个主题，开茶馆的人在茶馆里挂起来名人字画，让茶客觉得书画名家仿佛坐在对桌或者边上，端起茶杯的一瞬间，自然而然地风雅了许多。开茶馆的人在茶馆里插上四时花草，让茶客觉得美丽的大自然近在咫尺，茶馆就在这样的天地里生长，大家就在茶馆里喝茶。

这应该算是一种"诗外功夫"吧，另外一种诗外功夫是歌唱和表演的演艺人员走进了茶馆，她们不是来喝茶的，她们是来献艺的，是为更多的茶客更好更有趣地喝茶。这是艺术氛围，是日常生活的提炼和升华，坐在宋朝茶馆里的茶客，一下子拉近了和艺术的距离，他们觉得他们其实不是在喝茶，他们是在"品茗"。

最早开门的茶馆，差不多是五更天时候，就开始升火烧水，待水开了没一会，生意就陆陆续续来了，也有为了喝茶早起的老茶客，更多的是一些小商小贩，不是为了养家糊口，当然还要多睡一会儿，他们因生意而喝茶，他们在喝茶间完成了买卖。

很晚了还灯火通明的，是"花茶馆"和"水茶馆"。"花茶馆"和"水茶馆"是风月场所，飘扬的茶幌其实是卖笑女子的水袖，她们回眸一笑然后半推半就，将"暖风熏得游人醉"刻画得逼真而实在。

"宛在家"、"八才子"这一些茶馆是很眷气的名字，前来光顾的茶客，也是士大夫和文人墨客，他们有一点踌躇满志，有一点有条不紊，他们觉得自己经历的不是日子，而是历史，他们喝的也不是茶水，而是文化。

还有一种茶馆，是没有招牌的行业组织的会所，也是人以群分，说起话来是有的放矢，不说话也是心照不宣。俗话说同行是冤家，这说的是不喝茶和不一起去茶馆喝茶的同行。

茶是彬彬有礼，茶是心平气和，偏偏是在宋朝，出现了"斗茶"这一项活动。"斗茶"的另一个名字叫"茗战"，也很有火药味，让茶大眼瞪小眼地摩拳擦掌，不是"秀才遇上兵"，而是"秀才去当兵"。

两三个人聚到一起，将各自带着的茶叶拿出来，再生火烧水，然后泡好了茶大家依次品尝，再决出高低，这基本上是"斗茶"的一个过程。

"斗茶"是宋朝的一种风气，达官贵人斗，市井平民也斗。因为斗茶，宋朝人在没有硝烟的地方看到了战斗；因为斗茶，宋朝人在平常日子里找到了乐趣。

接下来是元朝了，元朝人不怎么热心开茶馆。元朝最有名的是元曲，后来的人想象元朝，感觉一小半元朝人在写戏，一大半元朝人在看戏。

明清茶事

先说明朝吧，明朝是一个喝茶的朝代，明朝也是一个承前启后的朝代，明朝继承的是宋朝，关于茶馆这一点，元朝在明朝眼里，基本上是忽略不计的。明朝人将已经关闭的茶馆开出来，还装修了一些大街小巷里的门面，宋朝的茶馆，在明朝发扬光大。明朝的茶馆，和宋朝比较是有增无减，历史学家也顺水推舟地说，这是中国"十六世纪社会风俗史卷"。

"崇祯癸酉，有好事者开茶馆，泉实玉带，茶实雪兰，汤以旋煮，无老汤。器以时涤，无秽器。其火候、汤候亦时有天合之者。"这是明朝的张岱记录在《陶庵梦忆》中的文字。

雪兰是当时一等一的茶叶，玉带是"天下第一泉"，水要当场烧开，现烧现卖，茶杯也洗得干干净净，茶杯是一种香汤沐浴的姿态，恭候着茶客的到来。这是明朝茶馆与宋朝茶馆的不同之处，也是明朝茶馆的一个鲜明特点。

原来喝茶的茶盏是黑釉瓷制品，现在换成了白瓷和青花瓷，书上说白瓷是："薄如纸，白如玉，声如磬，明如镜。"这也是明朝茶馆鲜明特点的一个方面。老话"象牙筷配穷人家"，说的是有了一副象牙筷总要配上名贵的碗和汤匙，名贵的碗和汤匙当然是要放在红木桌子上的，红木桌子边上当然是红木椅子，红木桌椅不放在雕梁画栋的房子里难不成放在茅草屋里吗，这一来二去，把一家老小的全部家当赔进去还远远不够。

茶馆里的茶叶，应该就是这样的象牙筷，有所不同的是，明朝的茶馆是一家殷实的人家，为了一副象牙筷配这配那之后，一点也没有伤筋动骨的意思。这至少说明明朝是经济发达的朝代，明朝也是比较有情趣的朝代。

明朝茶馆还有一个比较主要的特点，就是有了说书艺人，在一个相对固定的钟点里，说书艺人坐到茶馆里，天南海北三皇五帝的故事说开去，是一道茶馆里的风景。

较早时候，宋朝或者更早一点的年代，这样的形式也在茶馆里出现过，讲的也是天南海北和三皇五帝，但基本上是历史而不是故事，目的也不是消遣娱乐，似乎是以史为鉴的意思，所以初一看从前的茶馆，还以为是四书五经的课堂呢。

茶馆里出现说书，和明朝话本的兴旺发达有关，话本和诗词比较，明确的规矩要少许多，识几个字有一些异想天开的念头，只要存了向往文人并且把自己当成一个文艺工作者的念头，都能写几笔话本。而艺术来自生活，在当时不论是长篇巨著《金瓶梅》还是短篇力作《三言二拍》，都一而再，再而三地提到了茶与茶馆。而用现在的眼光看，茶馆里的说书，应该没有字里行间的话本，话本就是茶馆里有音容笑貌的说书。

明朝接下来是清朝，茶馆是一方舞台，在格式上清朝的茶馆和明朝

纸上滋味

的茶馆没有太大的变化，变化的是人，这也跟戏曲差不多，同样是人艺的一方舞台，从最初到现在，老舍先生的话剧《茶馆》已经经历了四五代演员的演绎，当年的角儿七老八十了，现在活跃在舞台上的，有一些还刚出校门。

因复辟出名的张勋生日时，文化名人辜鸿铭送了一副对联，"荷尽已无擎雨盖，菊残犹有傲霜枝"。说的是清朝大势已去，硬要怎么样的话，一是强扭的瓜不甜，二来也太一厢情愿，"擎雨盖"和"傲霜枝"不是写景状物，而指的是清朝人的大帽和辫子。

清朝人是坐在马上一路马蹄踏踏地进关来的，八旗子弟翻身下马之后，有一点无所事事，一些有功之臣和纨绔子弟全是一副游手好闲的样子，而茶馆刚好提供了一个合情合理的好去处。

"太平父老清闲惯，多在酒楼茶社中。"这是有关当时情形的诗句，当时还有一个名叫杨眯儿的写的一首打油诗，基本上也是说的这一档子事情。"胡不拉儿架手头，镶鞋薄底发如油。闲来无事茶社坐，逢着人儿唤呀丢。"

胡不拉儿是鸟儿，托着鸟笼是清朝茶馆里的时尚，呀丢是他们相互招呼的口头禅，是逢场作戏，也有一点春风得意。

还是有关当时日常生活的历史资料，《清稗类钞》中说："京师茶馆，列长案，茶叶与水之资，须分计之，有提壶以往者，可自备茶叶，出钱买水而已。汉人少涉足，八旗人士，虽官至三四品，亦厕身其间，并提鸟笼，曳长裙，就广坐作茗憩，与围人走卒杂坐谈话，不以为忤也。然亦绝无权要中人之踪迹。"这一段话说的是因为清朝，茶馆里有了特别的姿态；因为茶馆，清朝也有了特别的风景。

应该就是在这个当口，戏曲演出走进了茶馆，茶馆有一种海纳百川的姿态，只要是怡然自得的活动，向来是来者不拒。但对于戏曲而言，走进茶馆里去演出，却是歪打正着。

　　传说是道光三十年的事情，这一年皇帝去世了，国家举行国葬，依照从前的规矩是天下三年之内停止一切娱乐活动。戏院里的戏曲当然是在娱乐活动的范畴之内的，名角龙套本来是依仗一招一式一说一唱过日子的，现在不许上台了，活生生地断掉了经济来源，这样度日如年地撑了一阵子，大家实在也坚持不下去，七嘴八舌地想出一个办法来，就是将戏院改成茶馆，这样一下子就峰回路转了，为什么呢，因为在茶馆里唱戏是为了喝茶而唱的，你看见戏台上在唱戏，实际上是大家在喝茶，茶是开门七件事，算不得娱乐活动了，这好比在戏院里喝茶，再怎么样也是为了听戏而喝茶的呀。也是图个过得去，说起来还是换汤不换药的，相声大师侯宝林曾经有过一个段子，说的也是这码子事情，但应该是在戏院改茶馆之前吧，唱戏的为了生计上街卖红萝卜，红萝卜的红颜色透着喜气呀，无奈之下唱戏的就将布罩子盖在上面，这也是图个说得过去吧。

一笔民国

一笔就是一笔带过。

民国时候的茶馆,基本上是明清茶馆的一种延伸,明清茶馆是一张地图,民国的差不多就是按图索骥了。有所区别的还是茶客。

清朝的翰林很有面子,知名学者王湘绮得赐翰林时,已经七十开外了,但老先生还是有一些津津乐道的,民国初年的时候,老先生穿着貂褂翎顶到茶馆里去,遇上一位西装革履的新贵。新贵指了指王湘绮的行头说,现在已经改朝换代了,你怎么还是这么一身打扮呢?王湘绮说,改朝换代之后的服装还没有把标准定下来,我和你穿戴的,也都不是汉族人的装束,要不大家就各行其是吧。

正好是一个新旧交替的时代,旧的才走没多远,新的刚到一会儿,经常会冒出来一些忽发奇想的人物,让大家摸不着头脑,也有一些不着边际的事情,让大家找不着北。茶馆相对是比较稳定的,至少程式是大家驾轻就熟的,这样就有了一些亲切感和安全感,也有一点躲进小楼的味道。再一点茶馆每天都是新的,因为有新消息,而且面广量大,泡在茶馆里也是"秀才不出门,能知天下事"的另外一种形式。

应该说民国的茶馆基本上就是按照这样的格局顺流而下的,他们顺流而下,直到一唱雄鸡天下白——社会主义新中国的成立。

解放了,政府号召大家为建设社会主义出力,广大劳动人民也是意气风发跃跃欲试,他们一边东奔西走,一边轻快地哼着歌曲,"社会主义好,社会主义好,社会主义国家人民地位高"。闲下来的时候,他们还是提着搪瓷杯子去茶馆喝茶,这时候的茶馆大凡是和老虎灶连在一起的,就地取材,也是比较合理的一条龙买卖。接下来反对封资修,像样一点的茶馆全是东倒西歪了,也只有老虎灶里,依旧是人丁兴旺生意兴隆。

最后是新世纪了,新世纪以来,大街小巷一下子开了不少茶楼出来,这些茶楼,大部分是古色古香怀旧的情调。日子过得好了,追忆逝水年华不由自主地提到议事日程上来,另一点大家的心底里,怀着一种浪漫情怀,这样的浪漫情怀根深蒂固并且生生不息,就是只要给她一点阳光,她就光辉灿烂的意思。因此茶楼顾客盈门。

聪明的生意人内心忍不住地好笑,笑大家像书呆子。表面上却露出崇敬的神情,并且在所谓的文化氛围上进一步使劲,初一看是从前的音容笑貌,是从前的言谈举止,但大家都没有身临其境,一点一点地做好,也是要费一番波折的。好比是顾颉刚,顾颉刚从欧洲回来之后,兴致勃勃地前去探望他的老师章太炎,谈起欧洲的见闻,也有一点刹不住车地夸夸其谈。章先生说,你有曾祖吗?顾颉刚说,当然是有的啦。章先生说,你见过你的曾祖吗?顾颉刚一时说不上话来了。

纸上滋味

茶花

茶花就是产茶的茶树上，开出来的花儿。

大半辈子人生，喝茶也好几十年了，却从来没有在意过茶树是开花的，也没有人在我面前提起，直到最近，说起茶花的朋友也是一笔带过，要不是我存了个心眼，茶花的事情，到现在还蒙在鼓里呢。

茶树开花，差不多已经是深秋了。我去的地方，是太湖西山岛上的一个村落，这儿的茶树，就像是步行街上熙熙攘攘的人流，抹也抹不开。靠近了就能发现树上的花朵。茶花是白色的，样子和梅花差不多，更大一点，还丰腴一点，我觉得比梅花更好看，香气也要重一点吧，但梅花是成群结队的，因而人多势众，茶花是零零碎碎的，因而势单力薄。

说起来我读的书不多，但一知半解的程度应该到的吧，却也没有见过从前的文人墨客描写茶花的篇章。古代的文人墨客，跑东跑西的多，他们肯定是见过茶花的，为什么假装没有看见似的避而不说呢？也许是因为茶花长得太像梅花了，文人墨客跟做功课似的赞美梅花，现在要说了茶花的好，生怕梅花生气，这些小心眼的古人啊。当然我也不会特地去博览群书，这是很书呆子的做法，我不过是提出问题而已，对于我来说，提过就说明想过了，想过就算了。

劳动人民过日子，一向是兢兢业业挖空心思的，他们似乎也没有把茶花很好地利用起来呀，比如能不能跟菊花似的泡着喝呢？比如能不能跟桂花似的入菜吃呢？好像都没有。茶花的香气比较浓郁，但个性不强，有点泛泛而谈。味道怎么样就不知道了，比较涩也不一定的，所以也开发不起来了。说到底吃什么饭当什么心，茶花的利用应该是茶农的事，是餐饮业的事，我不过是提个议，这么一说吧。

我能想到的茶花的用场是，秋天的时候，将开花的茶树植在盆里，然后放在茶叶店的店堂里，放在茶馆的大堂里，这是很活生生的感觉，至少比假古董好，比一般的花木盆景也好。因为这样的摆设是与茶相关的一脉相承，而且能让人联想，还顺便普及了茶的基础知识，真是一举几得啊。

我去的村落在山坞里，下了公路往山路上绕，绕着绕着四周的山清水秀有了些世外桃源的色彩，有点儿尘世以外的另一番天地的感觉。然后从山脚沿着山路走，可以到达西山的最高峰缥缈峰。茶树沿着山坡生长，这样的环境，使茶树仙风道骨起来了。

村委会正在建造一些亭台楼阁，他们的设想是再搞些农家菜，然后把远近的城里人喊来旅游，这很用心良苦，他们也不容易。

其实乡村旅游的模式有好多，一些所谓农家菜之类的，好多年下来，已经新意全无了，要是能因地制宜地想出些新招来，才有吸引力，比如看茶花就是一个主题。

红茶绿茶

我一直这样想,红茶和绿茶好比是一个班级的同学,她们在一起经受风雨和阳光,直到毕业之后才各奔东西了,成了红茶绿茶,其实这是错误的,红茶和绿茶差不多是两个地方的人,粗一看眼睛是眼睛,鼻子是鼻子,细究起来,她们还是各有各的特点的。她们生长的风土人情不同,遗传基因不同,加工方法不同,最后我们见到的面貌和喝出来的滋味也不同。

我是喝绿茶长大的,现在也是从一而终地继续喝着,好像是一种今生约定吧,对于好的绿茶我能说出个七七八八来,毕竟是熟能生巧了,对于乌龙或者铁观音我就有点表面文章地逢场作戏了。

但我的一些原来喜欢绿茶的朋友,现在却很着迷地喜欢上了乌龙或者铁观音,他们津津乐道地说一些关公巡城和韩信点兵之类的俗语套话,他们和绿茶也是风雨同舟相濡以沫地多少年了,乌龙或者铁观音跟第三者似的一插足,他们这样的坚持,说放弃就放弃了,他们真是些喜新厌旧的主啊。

我这样一说，我的不少朋友肯定会生气的，这是人各有志的事，你管得着吗？按理讲吃喝之道在于从善如流，有什么吃什么，什么好吃吃什么，这是美食家比较基本的道理。乌龙或者铁观音能够受到大家青睐，自然有其过人之处，单单我感受到的就是鼻子里闻到的香气和喝到嘴里的渗透力，都有一种特别的效果，其实我只要谈一谈自己喝茶的体会就行了，我这样随便地说三道四，真是无事生非啊。

我的一位朋友家里，红茶绿茶有好几十种，上品居多，全是人家送的，我的朋友比较得意的一个说法就是从来不跑茶叶店的。其实一个好茶客应该时不时地去茶叶店里走走的。打一个不太恰当的比方，当年的抗日武装，去敌后作战了一个时期后，回到村子里，乡亲们见了他们，红枣啊年糕啊布鞋啊，一个劲地往外拿，抗日武装像是回到家里似的亲切和感动，然后再上前线，他们抗日杀敌劲头更足了。

一直在外面东奔西走，抽空去茶叶店走走，真有回家了的亲切，起码觉得全是熟人吧。然后看到一些生面孔，也就是天南海北的茶叶，有的很贵，有的又特别便宜，称上一点尝尝，有的是徒有其名，有的却像遭到埋没的人才，这是重见天日的容光焕发，也因此认识了一种好茶。

还有一点，茶和喝茶还不完全是一回事，茶只是喝茶的一个重要部分，再来打个比方，好比是一个美女，决不单单地就是一张面孔，还有举手投足的风情呢。这里的美女，应该就是好茶，所谓举手投足的风情，指的是水和茶具等等之类。茶具不在多，两三套也行，透明清澈的泡色香味俱佳的茶叶，紫砂之类就只讲究一个味道了。茶叶是播音员，有的在广播上，只要一个声音；有的在电视上做新闻，主要一张面孔；有的是主持综艺节目的，全面地暴露在大家面前，要求就不一样了。

茶客

江湖上的茶客分为两种，一种是理性茶客，还有就是感性茶客。

理性茶客比较按部就班头头是道，这个道，就是他们所说的茶道吧。但我见到的，不少是为茶道而茶道的主，真是受不了他们。我第一回去喝这样的功夫茶的时候，觉得那个茶博士已经忙活好半天了，才刚刚到达洗杯这个站台，离泡茶还有一站，离喝到茶应该有好几站呢，真是折腾。我们中间有个朋友立起身说去卫生间撒尿，那个茶博士连忙纠正说，喝茶的地方要叫了便。你听听，多酸的词啊，大家还是各玩各的吧，我立起身拉着朋友就走了，你了你的阳关便，我撒我的独木尿。

从前老式的婚姻，从定亲到入洞房，有好多规矩和程序，现在要好许多，现在时代变化了，社会节奏也快了，移风易俗省去了不少无理取闹的玩意，说到底这是与人方便自己方便。不就结婚嘛，费那么多力气干什么呢？其实喝茶也是，不就喝茶嘛，摆这么多谱干什么呢？也有人认为，我这样的说法太没文化了。其实不少玩茶道的，自己文化不够，心里虚了才生出这么多事来，和自己较劲的。

感性的茶客就要有趣许多，不久之前遇上一位在香港做茶叶生意的吴先生，差不多算这一类茶客的。吴先生是做茶叶生意的世家，每年在云南收购茶叶之后，去香港加工好普洱，再拿到大陆上来销售。

普洱茶是耐得住功夫的加工，平常的日子里，吴先生也比较性情中人，这一回是特地去上海看超女演出，完了又想到来苏州听一回评弹，这样我们就遇上了。我们三言二语就说到茶上，吴先生说，他最喜欢的茶叶是龙井，喝好的龙井，是油腻和丰腴的感觉，好像是吃红烧肉，也好像和比较胖的女人亲嘴。这真是很个性的比喻啊。

自己的语言说自己的感觉，我就愿意和吴先生这样的人说茶。倒不是说我已经具备了比较扎实的茶文化素养，因为这些基础知识书上都有，你要了解的话，捧几本茶书去茶楼，一人发一本就行了。

我还有一位感性朋友，名叫汤泉。汤泉是一家碧螺春集团的老总，所以我叫他汤总。其实他的名字很有意思，和茶叶联系在一起，真是天作之合。

最初我和汤泉认识，是因为围棋，我们都很痴迷，但棋力比较一般，高手们是朱门酒肉臭的话，我们就是路有冻死骨，而汤泉还不及我，他比我冻得更厉害吧，我是冻得说不出话来，他几乎是瑟瑟发抖那一类了。问题是他输了棋还往心里去，心里难过，有这样的心情简直就是文人，因此我和他比较投机了。

汤泉是国家评定的品茶专家，泡好茶之后，总是先端起杯子看一眼，然后再轻轻呷一口，然后说香气不够，或者说发酵过了。这些全是很技术的语言，汤泉的感性，在于他对茶叶的特别热爱，遇上一种好茶，好像遇上了失散多年的亲人，喝到差的，好像自己做错事地那样难过。他全是发自内心的，这是多好的状态啊。

一个人的车间

茶是朝夕相处的日常生活，对于老茶客来说，最一目了然的，就是家里的喝茶，家里不是风景名胜，也没有高山大河，但那些地方都是一阵子地喝茶，而家里是一辈子地喝茶，日复一日的大部分时候，我们总是在家里一边干着什么一边喝茶，或者一边喝茶，一边干着什么。

我父母住的宅子，有一个很大的院子。我上初中的时候，父亲在院子里搭起一间七八平米的屋子，在屋子里放下一张床和一张写字台，然后说道，好了，你搬进去住吧。以后，几十年来吧，我习惯了这样的格式，搬进新居了，还一直沿用。

当时的小屋子里，因为潮湿，所以床是空开墙壁一点摆放的，现在没有这个问题了，我还是放成这样的姿势，这样占地方，但不这样睡不着觉，失眠。我一直拿这个事情和孩子们说，告诉他们从小就要养成良好的学习和生活习惯，这很重要。

其实我现在的房子，也不是非要在书房里支起一张床来，说到底还是适应了这样的摆设，拿走了就是空落落无依无靠的感觉。另外一点，这些年来，我必须在床上看书或者看电视，我想到阅读了，就往床上一靠，冬天还要钻到被窝里去，白天也如此。我要不在床上，看到的，只是一个一个的字，只有靠到床上了，看到的才是文章。

前一阵市里面组织跨世纪的学习，我去了半天，就逃回家去了。不是我不愿意学习提高，实在我已经不能适应坐在教室里的状态了，当然更不能把床搬到课堂里去。所以最后总结的时候我说，我的肉体跨进了新世纪，我的灵魂还没有跨过来啊。

说起来自己应该是个读书人，就是因为受了书本的影响，才走上了卖艺为生的人生之路，记得最初是阅读《约翰·克里斯朵夫》，四本一套的那种，读到第四本的时候，总是冒出一个念头来，看完了就没有了，没有了我干什么呢，心里是失落和难过。以后阅读的经历丰富了，这样的体验也少了，但热爱阅读的习惯却是牢牢地掌握了。

欢喜读书的连锁反应就是买书和藏书，我现在的藏书是四千多册，几乎是满满的一书房了。后来我发觉书全部放在书房里对写作是有所影响的，感觉到别人已经写了这么多，已经写得这么好了，自己还有什么奔头，一放松自己，玩乐就多起来，进步就慢下来。我在意识到这一点以后，就将书房里的书分散一些到客厅和别的房间里，这样对自己写作的影响减少了，对整个家庭的文化品味，也是一个提升，人家走到我家里来，一看四下里都是书，觉得真不错，多像书香门第啊。

我是一个书法爱好者，所以书房里还备着文房四宝，我爱好书法但不临帖，想到写字了，拿出几本帖来翻翻，选一种多看几眼，感觉领悟到其中的气韵了，就铺好了宣纸，倒一点墨汁，写将起来。

我的书法作品主要是两种，一种是书扎，正好要写信，毛笔挥挥，在书信前面和后面加上"如唔"和"顿首"，就算是有点清朝人的样子了。另一种就是对联，自己编好了句子，写了送给朋友，我有一位叫小天的朋友,他喜欢下围棋,我给他写的句子是"小目守地保边疆,天元夺势定中原"。另一个叫亦然的朋友,也喜欢下棋,却老是输给我,我就给他写了"该出手时就出手,得让人处且让人"。挂在我自己家饭厅里的对联是"有吃无吃瞎吃吃,你好我好大家好"。这是提倡互相理解、弘扬家庭团结协作精神的句子。

也是因为书法的缘故,我给自己的书房起了一个名字,"做得动做做做不动歇歇斋"。这个斋名长了点,但比较朴素实在,所以我一直用着。

在我的书房里,还有比较显眼的,就是电脑了。

原来我是一个勤奋的写作者,笔头子也快,个把小时写一千字,不怎么费力气。朋友们起哄着换笔,我跟着凑热闹,跟上时代前进的步伐,也是要求进步的表现。

最初时,一手夹着香烟,一手敲着键盘,用全拼双音打了两篇散文,望着手上干干净净整整齐齐的文稿,感觉电脑真是相见恨晚的朋友,于是我满怀激情地逢人便大谈电脑,把电脑赞得跟西施似的天衣无缝十全十美。望见我眉飞色舞绘声绘色的样子,我的朋友对我说道,你仅仅是初级阶段的玩耍。那时他已经能够"盲打"了。我问他怎样进入高级阶段呢?他说是五笔字型。他给了我一种图表,说这是飞跃的基础。

从此我开始了五笔字型的漫长而寂寞的劳动。操作过程中,我的思维要比手上快了好多。最要命的是,不少字的拼法,决不是"王旁青头兼五一"所能解决的。

朋友说你应该去参加培训,我只是一笑了之,我想那些打印社的外来妹打起字来和弹钢琴似的,说明这不是个难事呀,我也不是笨人,自学就可以了。但事实证明我这样想是错了。所以直到现在,我的电脑操作是如此磨磨蹭蹭,而我已经有了电脑,再用手写似乎也又说不过去。比方一个人见人爱的女子，能和婚龄内绝大部分人组成幸福美满的家庭，偏偏又最不适合成为你的妻子。电脑于我就是这么一回事，真遗憾。

有一次我去工厂参观，看到车间门前钉着一块牌子，上面写着"车间重地，闲人莫入"，我就想到其实我的书房，就是一个车间，一个劳动者生产和工作的地方。

一下子说了这么多，无非就两个意思，读书和写作，记在书里就是现在的样子，就是一篇文章，要是电视里的广告，"读书写作"四个字就够了，还可以再节简一点，说成"读写"，两个字就够了。

但看上去这些内容似乎和茶无关呀，其实这些内容仅仅是个前奏是个铺垫，好比是跳高跳远，要跑上好一段距离，才纵身一跃。

我在读书和写作的时候，当然离不开喝茶，我习惯喝绿茶，读书的时候，喝好一点的绿茶，比如近阶段，正好喝安吉白茶，冬天就喝一些龙井。读书要慢慢地品，是感觉滋味的工作。写作的时候，喝一般的炒青，比如近阶段，正好喝常熟的虞山炒青，喝得多的是太湖西山炒青。写作要苦苦地想，是伤脑子的工作啊。

南石皮记

南石皮记是叶放建造的一座园子，南石皮是十全街上的一条横巷，沿着南石皮走不多远，就是网师园，所以也可以说南石皮记和网师园是街坊邻居。记是笔记的意思，比较散淡随性，也比较小品，网师园是一幅挂在厅堂上的山水画，南石皮记就是一幅搁在书房里的册页吧。

叶放是苏州国画院的画家，国画院刚好也在一座老式的庭院中，是从前一个知府的房子，当年这个知府请的家教是吴昌硕，我们平时说起苏州是历史文化名城时，总会拿一些园林或者小桥流水说事，其实这一些不过是硬件，苏州真正比较牛的，还是软件，比如随便一说，就带出了吴昌硕，而且说的不是一代书画大家，而是教授四书五经的家教，这要放在现在，相当于国家队的主教练担任你的健身指导啊。

叶放的作品呢，画的也是亭台楼阁的园林，这是很有情感的创作，因为叶放画着画着，可能会将自己置身于作品之中，他觉得自己就是笔下园子里的一个员外，自己在书房里读书或者画画，刚好这时候，两个丫环打打闹闹地从书房外面的假山边经过，她们是有说有笑的样子，其中一个突然想起了什么,赶紧将纤纤的手指,横上嘴边,提醒另外一个说,嘘——员外在画画呢。然后她们如梦初醒似的悄然离开。这一个瞬间,书房里的叶放似乎若有所悟,也有点怅然若失。

这样的工作环境和这样的作品,使得叶放造园的想法越来越明确和坚定起来了,叶放觉得自己是一块太湖石,放在别的地方,就是建筑材料,只有放在园子里,才是假山;自己是一棵石榴树,放在别的地方,只是绿化,只有放在园子里,才是风景。

文人造园是苏州园林的一个主要特色,这是苏州的优良传统和品格,一方面是造园子的苏州人,他们不以建筑设计师或者工程队为主要的依靠,还是将文人抬出来,作为造园的主角,这样的艺术情怀,实在是高尚和温馨的。另一方面,苏州的文人将造园作为山水画的另一种画法,也真是别出心裁的创造。

从前的苏州人,当官或者做生意挣了些钱,就想到造一座园子,造园是闲情逸致,也是寻找人生的寄托。这也是苏州和其他地方的区别,其他地方的人今天用一元钱挣了十元,明天就想着将十元钱变成一百元,如果说苏州人的时尚是造园的话,其他地方的时尚就是不停地挣钱。

而如果说造园林是时尚的一部分,另外一部分,就是园林里的生活。住在园林里想着把一元钱变成十元钱,也不是苏州的时尚,苏州的时尚是将柴米油盐变成风花雪月。

再回到叶放造园的事情上来,这样的背景使叶放造园的想法更加坚定不移起来,这样的想法使叶放在南石皮开始了园子的建造。一年半之后,南石皮记以小家碧玉的姿态,呈现在了大家面前。

一年半的时间里,叶放基本上就是跌打滚爬在建造园子的工地上,园子里的一山一树,一廊一亭,每一个细节背后,都有一个实在的故事。叶放是一个比较细皮嫩肉的样式,一年半之后,他的小臂和双手,明显深黑起来,粗一眼看上去,以为他戴了一副深色丝手套呢。

这是一篇谈茶的文字,怎么写到现在还不见一个茶字呢?因为前头说的是造园的事,造园的工地上也喝茶,主要是为了解渴,是物质文明,精神层面上的内涵不够。接下来园子造好了,和茶相关的事情就多起来了。

南石皮记举行的活动,称为雅集,雅集是古代延续下来的说法,翻译成白话文就是文人开会,是以文会友的一种形式吧。

南石皮记是一个小园子,叶放除了和夫人女儿在园子里过着天伦之乐的日常生活之外,更多的时候,就是接待天南海北的文朋诗友。当然我们有客人来了,也要带到南石皮记去坐一坐,一来苏州园林太三五成群了,旅游事业的发展,使得玩园林和赶庙会似的,人挤着人,太热闹了。二来去苏州园林总有主人不在家的感觉,园林管理处的领导不是主人,他们更像是管家,主人可能出门了,可能避而不见,这使得大家有点失落的。而去南石皮记就没有这些问题了。

叶放的心里可能有一个意思,就是遥远年代的生活,其实离我们不远,风花雪月也不是一种梦想。

客人去了南石皮记,不仅仅是参观园子,参观园子只是去南石皮记的封面和扉页,更具体和实在的就是南石皮记中的活动,唱评弹、拍曲、吟诗、古琴演奏,这些使客人恍惚到了身临其境的古代,他们交口赞扬评弹好听,昆曲好听,然后就说苏州人的日子真是有滋有味。从这个意义上讲,叶放是苏州文化的形象大使,是苏州人民的友好使者。

对于南石皮记的雅集,可以有两种认识,第一是虚晃一枪的雅集,或者说具有比较浓郁的群众文化色彩的雅集。

听评弹听昆曲的主要是海内外的朋友,不少人出世以后长这么大,还是第一回见识评弹和昆曲，南石皮记提供了一个欣赏的平台。这好比是从前的相亲，介绍人将他们领到公园茶室里，一男一女的相识相知就从这一刻开始了，这也是男婚女嫁的封面和扉页，白头偕老就是从公园的茶室走出第一步的呀。

第二种认识属于土生土长的苏州人，评弹对于他们来说，是一条家门前的街巷，他们穿过街巷上学放学，上班下班，早出晚归，长大成人。昆曲对于他们来说，是一个景点，一处名胜古迹，他们不可能天天跑着去看风景，就像他们不会整天泡在园林里一样，但他们对昆曲有一份天生的亲近，好像昆曲对于外地人来说是朋友，而对于苏州人来说，就是有血缘关系的亲人吧。而他们在南石皮记体会评弹和昆曲，是恍惚中的陌生，又是久违了亲切。

因为从前的评弹除了书场茶馆的演出，主要就是堂会，现在我们的电视书场基本上取代了堂会，南石皮记中的演唱，是一种回归吧。另外呢，昆曲也是，从前的昆曲是"家歌户唱寻常事，三岁孩儿识戏文"。包天笑在《西堂度曲》中也说道："那个时候，苏州的拍曲子，非常盛行，这些世家子弟，差不多都能哼几句。因为觉得这是风雅的事，甚至知书识字的闺阁中人，也有度曲的。"从前的昆曲，是家庭中的卡拉OK，是生长在庭院深处的精神生活。现在我们的昆曲，不仅要在大学的礼堂里演出，在戏院的舞台上演出，也要走进日常生活，在家长里短的日常生活中，这样的良辰美景，或许是真正意义上的赏心乐事啊。

这一些雅集，当然是离不开喝茶品茗，没有喝茶的雅集是为雅集而雅集，相当于乡镇上的赶集，有了喝茶的雅集，不仅是一个抒情的形式，对于心情和曾经有过的生活方式，都是赏心悦目的感慨和安慰。

有关就茶论茶的雅集呢，南石皮记也举行过一回的。起因是有家单位要请我作一个有关茶客的讲座，但我讲一些什么东西呢，左思右想想到了我的朋友汤泉，汤泉是一家茶叶公司的老总，正好在外地参加全国茶叶行业协会举行的交流大会，我请他将能够收集到的茶叶汇在一起，然后回到苏州以后，在南石皮举办一个品茶集会，我的讲座，就谈一谈品尝这些名茶的感觉和想法。

汤泉带来的各地名茶，全是去参加展评的，所以是好上加好，相当于围棋九段中的超一流，名演员中的大腕吧。而且是满满的两大包，结实的包装，这要放到罐子里，基本就是一个小型的茶叶博览会了，要是张罗一家茶叶店，头两个月也不用去进货了。

这些又多又好的茶叶中，我留下印象的真山小种和梅家坞龙井，真山小种是先入为主的喜欢，这个名字多好啊，梅家坞龙井让我有了名不虚传的感想。

那一天正好有一位台湾的茶道高手也来了，他用泡乌龙的方式泡龙井，在往壶中注水的时候还评说道，要注意轻重缓急，不能惊动的茶叶。

惊动这个词用在这里真好，但我对这样泡茶是不以为然的，太刻意了嘛，好比是你和心爱的人交往，你这样小题大做的患得患失，自己累点不说，人家也别扭的啊。

踏春踏秋

踏春是一种仪式，冬天像一间门窗紧闭的屋子，大家在屋子呆着，呆得有点不耐烦了，也有了要出去走走的心思，正好这个时候大地回暖，桃红柳绿，人与自然两厢情愿不谋而合。

春游不是跋山涉水千里迢迢的旅游，春游就是走马观花的快去快回，就是附近一带快餐式的旅游。但春天是年年来的，而附近就这么些地方，大家就自然而然地在春游的形式上下工夫了，这是典型的旧瓶装新酒啊。

四月过去没多久，大家开始张罗起春游的事来，并不约而同地想到了太湖上的老船。老船是我的朋友买下来的，老船差不多一百年的经历。起初大家叫做古船，但是一百年按惯例是沾不上古代的，还是叫老船比较妥当吧。

老船26米长，五杆桅帆，一般对船的认识是，太湖最大的船是七帆船，其实五帆船和七帆船一样大小，渔民们在捕鱼实践中，觉得五帆船还是有点迟钝，就增加了两杆桅帆。所以从这一点上来看，五帆船应该还要古老一点呢。

这样的老船，在太湖上另外还有三艘，两艘停在风景区的景点上，基本上就是一个摆设。我的朋友将老船买下来的时候，老船是能开动的，却也不在第一线乘风破浪了，我的朋友像一个有孝心的后代，将一个孤寡老人带回家里，这是很有意义的事情。

首先是去哪里的问题，有人提议去湖州或者无锡，也有人说就去东山西山或者光福木渎，民主就是你说你的，我说我的，你的和我的矛盾，我就要和你争论的，这也太七嘴八舌，最后大家说还是集中吧，我们是有组织性纪律性的文人，我们在各自的创作上要充分自由，在春游上还是要有领导的。只是领导一时也说不出去哪里，最后大家说，先把船开起来再说，开到哪里是哪里，硬要说个地方，就是游太湖。这个想法真是很有品味，又一次说明了高境界是可遇不可求的。

那么我们在船上干些什么呢，先是想到了喝茶，春天正好是东山西山碧螺春上市的当口上，坐在船上喝茶看风景，是一个节目。有人说吃了鸡蛋还要看母鸡，太多此一举了，这话说得很机智，对于鸡蛋和母鸡也合适，但茶叶就不是这一回事情了，鸡蛋联想的极限就是红烧白烧的母鸡，而茶叶通向绿水青山。

还有就是请船家整理出一桌酒菜来，我们一路上吃吃喝喝，两岸风景扑面而来，这时候风景反而成了一道布景了，这样的春游，是以人为本的春游啊。

我们上船的那天，天气有点阴沉，刚好也有风，五张桅帆升起来，有点声势浩大的感觉，湖上的风拍打着桅帆，猎猎的声音是中气很足的样子，我们的船顺流而下，大家的心情一派开朗。

坐在这样的船上，会让人情不自禁地产生打鱼的愿望，情不自禁地想，自己要是个渔民，那该有多好啊，可惜我们不会打鱼，只会吃鱼啊，八仙桌上太湖上的时令水产基本上都齐全了，虾、桂鱼、白鱼、塘里鱼、凤尾鱼，还有岛上的墨涂鸭和草鸡，还有马兰头、枸杞头、金花菜，加上很本质的乡村手艺，让人觉得为什么俗话要说"一年之计在于春"呢，就是因为春游，因为春游的时候有这样的吃喝。

那么两岸的风景呢，那些在冬天里没精打采老去了许多的风景，竟是一下子容光焕发生机勃勃，对于花花草草枝枝叶叶来说，春天是他们的爱情啊。

下了船再去古镇上挑选一些茶叶和土产带回家去，这一次春游就算告一段落了。然后打发走了一个夏天，一晃就是秋天了，我们开始了踏秋的准备。

踏秋的"踏"字，似乎是从踏春中化过来的，但踏秋明显要比秋游或赏秋来得实在，一个有点走马观花，一个是身体力行；一个有点事不关己，一个是设身处地。

踏秋是由来已久的事情了，也是说来话长的事情了，一方面从前的古人相对是比较闲着的，老闷在家里肯定不是个事情，经常地出去走走，是他们生活的一部分。另一方面经过了春天的发芽开花和夏天的雨露阳光，草木花果都出落得有头有脸了，劳动人民也辛苦了这么长时间了，大自然对大家也应该有个交代了，这样的一个季节里，走到郊外去东看看西看看，看到的全是美好的风景，这样的风景生出来的，也全是美好的心情。所以不出门是硬要和自己过不去，硬要和别人唱对台戏，所以出门是硬道理，踏秋是顺理成章的锦上添花，是你好我好大家好的皆大欢喜。

"谁言秋色不如春，及到重阳景自新。随分笙歌行乐处，菊花萸子更宜人。"这样的句子在古书中真是多了去了，它是一种提醒，言下之意是秋天来了，怎么还在家里躲着呀？也可以说是关于踏秋的广告词吧。

纸上滋味

李叔同写过一首"长亭外古道边",然后是丰子恺配的插图,图上是郊外的风景里,一些孩子随着穿长衫的老师,在风景里走走停停吧。

其实这一首歌和这一幅画是和踏秋不相干的,只是在我心里,说到踏秋总会想起这样的句子和画面,从前觉得自己早生几十年多好啊,混在一群花花绿绿的小孩子中间,自己的老师竟是李叔同和丰子恺啊。现在想起来,是一种恍若隔世的感觉,有一点失落和感慨,却没有了浪漫的情怀,再要做秋天郊外和少年梦,自己也觉得是为老不尊不好意思了。

但是我在上小学的时候,学校里踏春和踏秋是很惯例的事情,踏春是连着扫烈士墓的,大家要在革命烈士纪念碑前宣誓。有一年本来说好是我站在队伍前带领同学朗读的,临去的前一天我忘记做家庭作业了,老师就换了别的同学,当时觉得真是对不起革命烈士,现在想起来,实在是哪儿跟哪儿呀。

踏秋就是彻底的游玩了,有一年是走着去的,去天平山看红枫,更多的时候,老师会找到在公交公司工作的学生家长,说好一个价钱,然后是几辆大客车带上我们,很有声势地一路向风景而去。

不久前同学聚会,大家说起了踏秋,说是有一个女生家境贫寒,拿不出踏秋的车钱,是我垫出来的,大家就觉得我当时就是怜香惜玉的,我却记不起这码事情了,怎么会呢,当时我也是家境贫寒的人,自己的车钱也不一定着落,还会替女生垫钱,不太可能吧,垫钱记不得,还钱也没有印象,难道那个女生忘记还我钱了?

事过境迁,最近几年学校里是不组织踏春踏秋了,说是上级领导规定的,生怕节外生枝地出了交通事故担不起责任,这真是很因噎废食的想法。

当然也没有走着去郊外一说了,这是风景的问题,郊外全造起了房子，沿着房子一直向前走，是外地造的房子，这有什么好看的呀，快到中秋的时候，我们想到了还是到老船上去，赏月观潮。

从前的文人对五花八门的景观特别敏感，听说了就要赶着去一饱眼福，千里迢迢风雨兼程也是以不到黄河心不死的姿态赶路，那时候没有电视，也没有照片，你要眼见为实，就得身临其境。

也不是一看了事，看了以后还得写诗，可以说那时候的景观几乎是为诗歌而存在的，那时候的文人几乎是为了写诗才去看的，为什么呢，因为写诗是他们安身立命的手艺啊，借景抒情或者借题发挥，一首七绝或是七律就跃然纸上了，所以换一个角度看，古诗就是我们的旅游地图。

钱塘潮相当于水做的长城，自然是很著名的景观了，积下来的诗歌也就家财万贯了。"八月十八潮，壮观天下无。鲲鹏水击三千里，组练长驱十万夫。"这是苏东坡说的，白居易的说法是"群庭枕上看潮头"。还有"涌若蛟龙斗，奔如雪雹惊"，还有"潮色银河铺碧落，日光金柱出红盆"，还有"一千里色中秋月，十万军声半夜潮"等等吧，这要耐着性子记下来，可以编一本上下册的图书。

心里装下来这诗歌，也是很胸有成竹了，好处是不去浙江，对钱塘潮也有个大致的了解了，说起来也有点头头是道了，负面的效果是再要写诗写文章，就很难找出新意来了，全是人精似的古人，也是挖空心思想出来的，和他们较劲，真是自讨没趣啊。就是因为这个缘故，有两次去钱塘江看潮的机会，我都放弃掉了。

我们去的那一个晚上，月亮在空旷的太湖上是拼了命地又大又圆，而且看上去是一种正在走动着的样子，感觉上去就像是一只足球落在太湖的球场上，一跳一跳地远去。但是月亮下面的太湖却是平静如初的样子，也没有风，水面是平铺直叙地淌着，这样的景色，也太文明礼貌了

纸上滋味

一点，大家说要有一点起伏该有多好啊。

我倒也不这么想，要说潮水其实在心里，这话是有点做作了，或者我还没到这个境界吧。说起来潮水也是水上的文章，钱塘江上是立起来的水，太湖上是躺着的水，你要觉得一个演员是漂亮的，她在电影里是美女，出了电影就不好看了，这个例子不是十分贴切，却也能说明一点问题的吧。

所以对我们来说，观潮的地方有水就行了，水是立着或躺着的，是水的事情呀。因为科学家说了，潮水是太阳和月亮向心力作用之后而产生的，太阳和月亮高兴在钱塘江上向心，不高兴在太湖上向心，我们做不了他们的主，又有什么办法想呢。

再回到有关茶客的主题上来，其实赏月观潮不过是一道布景，那一晚真正的活动是听琴品茶。

琴是千年古琴，唐朝的"九霄环佩"，不久前我还看到过有关这把琴的拍卖报道，似乎还有些传奇故事的，现在这把"九霄环佩"就搁在大家面前了，真是恍若隔世。

我对古琴没有特别的认识，很轻易地拿在手上正过来反过去看看，随便说两句就放下了。和我们一起上船的还有一位古琴高人，他见到"九霄环佩"时竟是激动不已，不敢随便去碰，立在边上好一会儿，才问起主人说，能不能让他拿起来看看。主人当然同意呀。最后大家请他演奏一曲，那位古琴高人更是心潮起伏，站在他的立场上，这是不可多得的缘分啊。

按说古琴演奏应该在室内，安静到专心致志，纯粹到一尘不染，但放在太湖上演奏，和秋虫的鸣叫和潮水拍打船沿的声音浑然一体，竟是意外地动人。

然后就是品茗了，为什么老是说喝茶的，这一回却品起茗来了呢，因为那天喝的是百年普洱。一百年前的普洱，基本上就是文物了，一个人能有几个一百年呀，走过一百年前的山水不稀罕，呆在一百年前的房子里也没什么，听一百年前的音乐，看一百年前的书画，都是能遇上很多次的事情，现在毕竟是活生生泡在壶里的茶叶啊。

存放一百年的普洱，基本上已经是成仙的茶叶了，所以和像凡人一样的茶是两回事情了，平常的茶滋味也若隐若现了，喝到嘴里可以对照的口感，就是治感冒的中药，打出这样的比方来，我真是一个粗人。

太湖的前世今生

这是最经典的江南和最纯粹的自然了,历史和文化以日常生活的姿态,生生不息地流传,山水和花果以平常人家的本色,熠熠生辉的灿烂。

每一个清早,是太湖上的一个码头,每一个黄昏,是太湖上的另一个码头,最初升起的太阳顺流而下,日子就这样一天一天过去了。当我们转过头来,打量太湖,四季枝头,依旧硕果累累,而潮来潮去,竟已经是数千年的光阴了。

假如太湖是一种别致的生命,生生不息的流水,就是年轮。

考古工作者说,太湖曾经是东海的一部分,这是六七千年之前的事情了,六七千年之前的一个清早或者黄昏,东海中的太湖是义无反顾地脱缰而去,还是身不由己地依依惜别,我们已经说不清楚了,我们能够说清楚的,就是那一派烟波浩渺的奔流,依旧是大海的姿态,他们把一路走来的经历,记在太湖石上,他们衣袂飘飘地立在风里,这时候岁月,就是一艘没有码头的老船了。

河对岸的古人,是河对岸的晓风残月。

仿佛就是一页书的正面和反面,遥远年代的历史,似乎这样轻轻一翻,就到了今天。今天,我们遥望从前,看到的是古人遥远的背影,在湖光山色中忽隐忽现。

最初的开始,应该就是这片刻着图案的碎瓦了,这是一片不规则的残块,平整的一面留下了拍击的印痕,和一点儿苇草的图案。考古学者说,苇草是我们的先人在制作土坯时,不小心沾上去的,但我们心里更相信这是我们先人忽发奇想的有意为之。当烧成褐红色的土坯再一次展现在我们的先人面前时,他不由自主地觉得这一枝苇草真美啊,同时,一个有关家的想法在心底里渐渐清晰了起来,这是在太湖之滨,在距离现在几千多年前的旧石器时代,我们的先人风雨兼程,竟是这样一个充满诗意的开始。

三山岛是生在太湖中的一个小岛,差不多是二十年前吧,耕种的村里人,就在自己脚下的田地里,翻出上万件旧石器,这是旧石器时代的家当,旧石器时代就是一家搬走的人家,他们的旧居,就是我们追根穷源的线索。

这一颗几千年前的稻谷,如果种进泥土里,依旧会有一个收获的秋天吧。或许就是飞鸟从或远或近的山上衔来一粒种子,最初的耕种在风雨中一唱三叹。

这一片几千年前的葛布,如果织成衣服,依旧是最动人的时装吧。就在我们的古人,脱下身上的树叶,穿起最初的纺织,季节里的容颜,仿佛不老的传说。

辽阔的太湖和太湖边用树叶遮掩着身体的广大人民,他们抬头仰望天空,天上是斗转星移,他们低头摆弄土地,地上是一年四季。

因此鱼米之乡和衣被天下,应该是太湖矢志不移的性格和品德了。因此太湖其实就是我们自古以来的家园了。

纸上滋味

地方志上说："政和而和，中原云扰，乘舆南播，达人志士入山唯恐不深，于是乎，荒洲僻岛多为名流栖托之地"。

这是南宋时候的事情了，南宋初年，北方士族纷纷南迁。他们顺流而下或者逆流而上，他们在逃避，逃避天灾和人祸，他们也在寻找，寻找梦中的归宿。然后，他们在太湖里面的岛屿上，建立起一个又一个村落，这一个又一个的村落，仿佛生长在太湖上的鸟巢，达人志士不是徙迁，是一次美丽回归，假如没有太湖，他们举目无亲。

安家落户的士族避世自安，在他们的观念中，主张经商重于仕进，到了明清时期，洞庭商人集团崛起，大批商人也应运而生。因为他们意气风发样子，当时的社会上称他们是"钻天洞庭"。

最初的时候，他们离开家乡东奔西走或者南来北往，他们走在离家的路上或者回家的路上，他们大富大贵或者小商小贩，他们经历不同的人生，感受一样的颠簸，

现在，他们渐行渐远，他们如一片树叶，飘落枝头，而大树还在，也就是说一个时代一个时代，如太湖上的过客来了又去，但太湖还在。

太湖是达官贵人衣锦还乡的故居，走遍天下的风光，因为最初的朴素而叫人怦然心动。太湖是穷困潦倒倦鸟归巢的老宅，浪迹天涯的漂泊，因为最后的依恋而叫人热泪盈眶。

假如太湖是一种别致的生命，生生不息的流水，就是年轮。

古村落

　　假如插上一根桅杆,这一些生长在岛上的古老村庄,会不会像船一样飘走呢?

　　现在,在太湖上的古村落,从前的孩子已经长成了风烛残年的老人,岁月留下的风雨沧桑,在他们的叙述中依旧是栩栩如生,说来话长,就是从前的风华绝代,因此一步之遥的外面的世界,似乎千里迢迢了。

　　日出日落的日子日出日落,南来北往的人们南来北往。

　　西山是太湖上的一个岛,明月湾是西山岛上的一个村。

　　高启说:"明月处处有,此处月偏好。"

　　明月湾这个名字,应该就是由吴王的典故生出来的,风流潇洒的皇帝,遇上太平盛世,好山水就可以为国泰民安锦上添花,比如乾隆和江南。风流潇洒的皇帝,遇上外忧内患,好山水就无辜地落下了不是,比如吴王和西山。

　　和所有生长在江南的村落仿佛,明月湾的村口照例是一棵参天大树。这是一棵生长了两千年的樟树，旧的叶子落在地上，新的叶子又长上枝头，它的枝枝叶叶，其实就是村子里的人家，一家一家的家谱。

一千两百年前的一场大火是怎么生起来的，已经说不清楚了，能够说清楚的，是樟树现在的样子，就是这场大火烧出来的吧，大火将半棵樟树烧成木头，另外半棵从火堆里爬出来，拍一拍身上的泥土，继续生长，长成两千年以来的枝繁叶茂。可以说生长在太湖山水里的一草一木，对生命是一种矢志不移的热爱，也可以说，太湖山水对生长在这里的生命，是一往情深地恣惠和关怀。

老宅果园，还有石板长街，长街是乾隆三十五年铺设的，四千五百六十块石板，仿佛就是走过来的年月吧，沿着石板长街往村里去，感觉不远处就是古代了。

我们就是沿着这样曲曲弯弯的石板路，走过东村的锦绣堂。

街头的老人一再地说起，锦绣堂其实就是敬修堂啊，发音差不多，后来的人就以讹传讹了。敬修是一种提醒，高兴时不要得意忘形，不开心也不用垂头丧气，踏踏实实做好每一件事情，兢兢业业过好每个日子。锦绣是一种暗示，是千辛万苦之后的功成名就，功成名就之后的美不胜收吧。而再一次打动我们的，不是曾经有过的内敛外露，也不是依旧风采的雕梁画栋，而是空空落落的厅堂上的半幅对联和一架长梯。

对联是清朝人的笔墨，从前锦绣堂的主人随意地一次张贴，就把古代的一家书香门第久久地刻划在墙上了。长梯是现在锦绣堂里的人家用来摘果子用的，还没有到收获的季节，也是挂在锦绣堂的厅堂之上，看上去就是和清朝的那一幅上联相对应的下联了。耕读传家，是古村落持之以恒的观念。

走过太湖上的古村落，和看到的比较，我们听说了更多。

后坞，也是岛上的古村落，也是另一个老人，指一指家门前的古井说道，这是宋朝留下来。文人心底里，苏东坡和宋词的宋朝，仿佛老人嘴里的一句家常。

井圈和盖石是整块青石雕琢而成的，井圈一边的勒痕，是系在辘轳上的绳索落下的痕迹。辘轳是北方生活的一个明显细节，生在后坞的古井，应该是宋朝的北方人家南渡之后，在后坞安下家来，最初的日常生活了。

坞是山坞，山坞是太湖岛上清溪潺潺古树森森的地方，如果山峰是抛头露脸的风光，山坞就是深藏不露的景色。藏是隐藏，藏龙卧虎。藏是收藏，兼收并蓄。这样仿佛得道高僧和隐士名流的姿态，是南渡的名门望族理想的家园。

横山孙氏是孙武的后人，秉汇村葛家坞，是葛洪第四个儿子定居的地方，慈里瞳里，住的是苏东坡的子孙，秦家堡的人家是秦观的后代。

家谱上的字里行间，是一些通向古人的线索，曾经是中国历史上呼风唤雨声名赫赫的古人，记在家谱中，就是古村落人家中的一员了。

这个时候，历史就是一座张灯结彩的戏院，古村落里的乡亲们，平静地看着自己的先人，担任一些生旦净末丑的角色，演绎一些天地君亲臣的故事。直到散场之后，他们走出戏院，走进自己的家园。

舞台上是瞬间的辉煌和风光，重要的还是踏实朴素的日常生活，平常人家竟是名门之后，名门之后，原来就是平常人家。我们走过古村落，在依稀可辨的痕迹中，看到了忽隐忽现的从前。

渔米

船在水上，人在船上，在广大的太湖，船就是水上人家造在水上的房子了。

不远的地方是村庄，但现在渔船要去太湖撒网捕鱼。

山不转水转。太湖里的水上人家说一路顺风是顺风顺水，有时候最简单最朴素的祈祷，是心底里最实在的安慰。

然后船帆冉冉升起，在太湖里，船帆就是一面关于天下渔米的大旗。

网是撒在天空里的，再缓缓落下来，落在水里，这时候的收获可望可及。太湖是一种孜孜不倦的生长，所有的劳动都能如愿以偿，因此太湖上的水上人家生生不息。

《太湖备考》说，"春后银鱼霜下鲈"，银鱼、白虾和梅鲚鱼是通常所说的太湖三宝，还有白鱼和鲃鱼，还有太湖大闸蟹，他们依次出现，使一年四季的太湖生机勃勃。

白虾就像是戏曲里丫环，清新活泼还有一点小小的心机，因此也更加有趣了。梅鲚是童儿吧，穿过大街大大大咧咧碰翻摊子的童儿，书房里磨墨毛手毛脚将墨汁溅在衣服上的童儿，这个童儿呀，最麻烦的是不小心，最可爱的也是不小心。

银鱼呢？银鱼是素卷青灯暮鼓晨钟下一句欲说还休的经文，银鱼只在忆起数千年前的那个传说时，才有了超越红尘的飞升。而白鱼更像是一身白裃，衣袂飘飘地立在船头上的侠客。吴越春秋不过是过眼烟云，青山绿水才是醉里挑灯看剑的一片风景。

太湖上的人说，"梅鲚头上七道蓬"，八月到十月的梅鲚济济一堂又穿梭如飞，所谓七道蓬说的就是捕鱼时的船帆，七帆船乘风破浪，和梅鲚鱼比的就是谁更快一点，因此七道蓬和梅鲚鱼是约定好了在太湖上一决高低的武侠，这一个回合令秋天英姿飒爽。

七帆船是太湖上的老船，现在，这样的老船已经退出江湖，留下来的也不派捕鱼或者运输的用途了，而且寥寥无几，他们像子孙满堂的前辈，看着湖上船来船往，有一点众望所归的功成名就，也有一点无所事事的冷清落寞。

这样的感觉，和太湖上的禹王庙有些儿仿佛。

洪水是一匹脱缰的野马，大禹是骑在马上的英雄。传说是大禹在治理太湖的时候，曾经在西山林屋洞北钿函中，得到了"天书"，大禹就是按照"天书"上的治水方法，开凿三江的，这就是所谓的"三江即入，震泽底定"。

大禹是一个和洪水奋斗了一辈子，悲壮而寂寞的英雄。大禹东奔西跑，他是一个活在路上的人，因此哪里有水，哪里就有他的家了。建在风口浪尖上的禹王庙应该是太湖水患平息之后建造的吧，而现在，禹王庙像太湖中的七帆船一样，听潮来潮去，看日出日落，因为风平浪静和风调雨顺，香火随着从前的岁月越飘越远。

纸上滋味

沿着岛上成熟的稻田向前走，不远的地方就是万亩鱼塘了，挨着万亩鱼塘的太湖里，是很仙风道骨的"水八仙"。"水八仙"是生长在太湖里的八样特产，莲子和藕、茭白和水芹、慈菇和红菱、芡实和马蹄，这一些又可以入诗又可以入菜的特产，和鱼虾一搭一档，一唱一和，因此就有了以时令和精巧而闻名的苏帮菜，因此就有了绘声绘色红红火火的苏帮菜。

苏式菜肴的风格就是从船菜的基础上发展而来的，太湖上鲜鱼活虾资源丰富，这是船菜的主要原材料，船菜的选料十分讲究，新鲜时令，而且是一菜一味。船菜的加工制作也是精巧细腻。船菜不用爆、炒，而是以蒸、炖、焖、煨这样一些烧煮方法进行加工，一般就以火候菜为主了。

最早发明船菜的，应该是一个生在苏州的诗人吧，诗人也不是嘴巴很馋的样子，诗人在家里的时候，想到了不远处的太湖，就背起行囊出门去了，然后诗人在水上走着的时候，却有了在家里的感觉，诗人想到了要一壶酒和一些清淡的小菜，船家说，有的有的，我去去就来。说完，船家就架起小船去了。

因此将船菜和船点发挥得淋漓尽致的，肯定就是水上的人家了。

船不是太新了，却揩洗得干净，前舱的当中，是一张方桌，边上是几张小凳，后舱是有靠垫的铺位，一边是茶几，客人来了，先在这里坐下，喝茶谈天，看两岸移动的风景。船尾是厨房，船尾上还拖着一叶小船，这真是很小很小的船了，便利于在水巷里穿来穿去，大船上要添什么东西了，船家解开小船的缆绳，小船就利利索索地去了。

小船从明朝或者清朝的水上来了，又向着明朝或者清朝的水上去了，我们在太湖上，看到了遥远年代一粒色香味的种子。

太湖石

在更广大的背景下,苏州仿佛一座园林,假如太湖是生在园林里一泓清泉,那么太湖石就是得天独厚的风景了。

就是在苏州园林里,走过远远近近的假山,我们听到了流水的声音,这是太湖石的心里话,深院高墙里太湖石,像春天里的宫女,想起了民间的太湖。

太湖石是长在咸水湖边的石灰岩,经历了几万年岁月的风化和波浪的冲洗,出落成了现在的样子,风化和冲洗是日积月累的精雕细刻,也是地久天长的漫不经心。这样的精雕细刻和漫不经心,使平常生活超凡脱俗,使石灰岩成长为太湖石。

苏州园林和太湖石,是一种今生约定的宿命,太湖石让一览无余的园子成为峰回路转的园林,园林使平淡无奇的石头成为风流倜傥的太湖石。

冠云峰、玉玲珑、瑞云峰,这是太湖石中的代表,它们的名字好比唱戏的梅兰芳,好比画画的齐白石。

留园里的冠云峰，按照王国维的说法是"奇峰颇欲作人立"，亭亭玉立的样子，就是苏州女人，因为太湖她们柔情似水。苏州女人比较显著的特点是很懂得宠男人，打一个不恰当的比方是，她们把苏州男人都当成自己孩子来对待，她们的真心关爱，使苏州男人有点任性并且更加如鱼得水和风调雨顺起来。第二显著的特点是苏州女人特别在意或者说特别需要男人的疼爱，她们把含辛茹苦什么的当成身外之物，她们在吃苦耐劳的日子里，只要你一句体贴的话语，一个会心的眼神，她们就会重新抖擞精神，孜孜不倦地扛起日子走下去的。

上海豫园里的玉玲珑，是红尘中的仙人，那一副看破红尘爱红尘的，更像是江南才子，比如唐伯虎和文徵明，他们衣袂飘飘地走过苏州的大街，他们和明朝的女人擦肩而过，他们在回头一望间，市井的女人，成了仕女。他们架一叶扁舟在太湖上飘来荡去，或者在湖光山色中击节而歌，这一些青山绿水，就是他们走进书房的瞬间，成了"万里江山笔下生"的吴门画派了。

苏州十中，是清朝的苏州织造署，乾隆下江南，织造署改成临时的行宫，瑞云峰就是这个时候从留园搬运过来的，也可以说，没有瑞云峰，这里也就是一所普通的行政机构，添了瑞云峰，这里就是皇帝的行宫了。

瑞云峰和宋朝有关，宋朝的时候，宋徽宗赵佶很忽发奇想地要在现在的开封建造万寿山，并且在苏州设立了"苏杭应奉局"，负责搜集奇花异石。瑞云峰就是当时在太湖西山开采出来，只是在运输的过程中，石盘掉进太湖里去了，瑞云峰就不了了之地搁在岸边，后来流落到湖州一户人家的手里，这个湖州人碰巧和苏州人联姻，知道自己的亲家是个奇石爱好者，便将瑞云峰作为陪嫁装在船上，送到苏州来。

从湖州到苏州，自然要经过太湖，船在水上行走，竟然是连着瑞云峰一起沉落下去了。最后打捞时候,却又把数百年前沉下去石盘也捞上来了。这样的失而复得,似乎使故事增添了起承转合的意义,也似乎沧桑传奇变成了故事。

因此对于我们来说,太湖石是蓦然回首欲说还休的等候和寻觅,是百转千回千呼万唤的牵挂和理由。是我们周而复始年复一年的沉思和参悟。

明朝的文震亨写了一部名叫《长物志》的图书,《长物志》说的是怎样艺术地生活和什么是生活中的艺术。作者是文徵明的后人,应该就是太湖和太湖石的缘故吧,文徵明对这一派山水也是情有独钟,应该就是这样的情有独钟,才使长一笔短一笔的太湖风光,成为开门见山的吴门画派,所以我们读文徵明的山水,就是读太湖地图。

这样的阅读,使我们的心情有了起伏;这样的起伏,使我们再望太湖时多了一种感慨;这样的感慨,使我们再一次回望数千年的从前以来,如回望迷失在烟雾里的故乡。

堂堂人家

归去来兮是从前说燕子的吧,从前的燕子,是在哪一个春天到这里来的呢?

东山西山的人家,建造起房子来,总要为自己的家起一个堂号,是一些风调雨顺的吉祥话,或者是鼓励一家人不断进取的意思。凝德、明善、春熙、瑞霭,他们把这样的名字一笔一划地描上门楣,也在心底里描出了一段一段锦绣风光。书香门第或者钻天洞庭,村庄儿女或者大户人家,他们活得信心十足和精神抖擞。

王鏊的故居是陆巷的惠和堂,关于王鏊,唐伯虎说他是:"海内文章第一,山中宰相无双。"王鏊和唐伯虎、祝枝山、文徵明素有往来,作为德高望重的前辈,听一些好话受一些恭维也是人之常情,但唐伯虎白纸黑字地写下来"第一"和"无双",在当时是很有面子,于后来是百年风光。

就在惠和堂西面,还有王鏊中了解元、会元和探花之后,树立牌坊而留下的残柱。苏州虽说是状元之乡,真正入阁拜相担负起国家大事的也寥寥无几。而王鏊是其中之一。功成名就之后，等不到七老八十就着急着要告老还乡的，依旧是王鏊。因为太湖，游山玩水比起上朝下朝，诗词文章比起奏折公文，更加妙趣横生了，所以再一次回到惠和堂的王鏊如鱼得水。

现在的惠和堂，差不多还是从前的样子吧，书桌上那一册旧书，应该是王鏊转身离开时，来不及合上的，我们追出门去，赶到太湖边，还能看到立在船头衣袂飘飘的王鏊，在缓缓地向岸上挥手。

也许不能说清楚王鏊又去了太湖上的哪一片风景，他在哪一个山头上走走停停，在哪一片风景里说说唱唱，大家只是知道，因为太湖，王鏊在大家心里，少了一点正襟危坐，多了一份浪漫抒情，少了一点道德文章，多了一份风花雪月。

《洞庭两山赋》是王鏊关于太湖东山西山的文字，从自然景观开始，说起风土人情和历史地理，再拿天底下的湖与太湖一一比过来，得到一个也只有太湖是山水兼胜灵秀独钟的结论。

回到太湖的王鏊除了写一些有关太湖的诗词文章，还题写了许多名胜风景，这样的题写，和后来行走太湖的人们，时时邂逅相遇。

比如启园里的《柳毅井》碑石，王鏊的题写告诉大家，一个凡人和仙女的故事，可以从这口井说开去的。

启园也就是席家花园，席启荪原来在上海开办钱庄，他的先祖曾经在自己家里接待过微服私访的康熙，为了纪念这个典故，席启荪在家乡建造了启园。按照对联上的说法是，启园是"脉接莫厘七十又二峰，波连五峰三万六千顷"。也就是说建造启园的席家，很借景抒情地将启园和太湖融和成了一个整体。

与启园比较相近经历的建筑，就是木渎山塘街上的严家花园了。上个世纪四十年代，刘敦桢曾经两回千里迢迢赶到苏州，在粗看细看的基础上，写出了《苏州古建筑调查记》。《苏州古建筑调查记》说，环秀山庄的湖石假山和木渎严家花园的布局结构，应该是苏州园林和江南私家花园比较典型的代表了。

严家花园最初的主人是清朝乾隆年间的苏州名士沈德潜，沈德潜考中进士，已经六十七岁了，在此之前他参加过十七次乡试，可以说他的大半世人生，是在复习迎考中度过的。但是这样丝毫没有妨碍他诗名远扬并且有口皆碑。

为了多一些清静，少一些应酬，告老还乡的沈德潜退隐到木渎古镇著书立说。沈德潜在木渎选编了《唐诗别裁集》《清诗别裁集》和《归愚文集》。乾隆皇帝下江南的时候，在木渎下船落脚，一般也是住宿在他家中。

乾隆皇帝说，沈德潜和文徵明相比，书画上虽然略逊一筹，但文章诗歌却比他高出来不少，二个人一样是老寿星，但沈德潜的功名却要比文徵明大了许多。乾隆皇帝还说："我爱德潜德。"并且还给了他一个"江南老名士"的雅号。自视甚高的盛世之君，能接二连三地说这么多动听的好话，可见他们的君臣之交不同一般。

严家花园是在1902年传到严国馨手上的，严家是比较知名的生意人，也知书达理，因此落到他们手上的严家花园打理得头头是道、别具一格。

而现在，走过太湖上一幢一幢的堂堂人家，我们恍若隔世。这是和前世今生有关的追根穷源，这是和从前以来有关的睹物思人。

古镇白话

光福是东太湖间的一些零零碎碎的半岛和岛屿，水和水把它们分开，树和树又把它们连在一起了。《光福志》上说，"光福镇古虎奚谷地，相传吴王养虎处，萧梁时建光福寺于龟峰，遂以寺名镇"。从前以来的文人墨客说，光福到处都是"湖光山色"，到处都是"洞天福地"，光福这个名字，分明就是从这两个成语中简化而来的。

拆散开了看，光福是一片江山千幅画，闲闲散散地四下里走走，上哪都是风景，避得开的是张三李四，避不开的就是山高水长。汇拢起来看，光福就是一寺一庙香雪海了。一寺是光福寺，一庙是司徒庙，香雪海指的是冬去春来满山遍野的梅花。

如果说寺是宗教供奉礼拜论经说道的场所，庙就是供奉先祖名士神灵的所在了，比如司徒庙，司徒庙供奉的就是东汉名人邓禹。司徒庙里有四株古柏，是邓禹当年种下的，已经有将近两千年了。

据说是因为风雨雷电使古柏长成了现在的样子，现在样子的古柏，像是一个遭受过陷害的忠良，有一点磨难，有一点沧桑，还有一点不屈不挠的生长。

乾隆皇帝下江南的时候，来到光福司徒庙，见了这四株古柏，不由得眼前一亮，乾隆皇帝说，朕以为这四株古柏，简直就是清、奇、古、怪。大家细想想，这清、奇、古、怪四个名字还真道出了四株古柏的物质精神，是比较恰当的，就到处流传了。

清是戏曲里英姿飒爽的书生，奇是话本里跌宕起伏的传说，古是史册上真知灼见的哲理，怪是神话中超凡脱俗的想象。

清是山清水秀，奇是奇思妙想，古是古色古香，怪是峰回路转，我们转身离去，回过头来再看一眼，清奇古怪，其实说的也是光福啊。

沿着山水向前走，不多远的地方，就是木渎了。

木渎这个名字的由来，说起来还是春秋末年的故事。春秋末年，吴王夫差在灵岩山建造离宫，同时在紫石山建造姑苏台，这是大规模的基建，史书上的记载是"三年聚材，五年乃成"。这三五年间，越国献给吴王的木材，沿着水路滚滚而来并且源源不断，"积木塞渎"，就是说一茬接着一茬的木材，把河道也堵塞得严严实实的了。

因为地处苏州太湖的水陆要冲，而且是苏州城西重要的商贸集散地，所以南来北往买进卖出的木渎一向是交通便利十分繁华。清朝乾隆年间徐扬描绘的《盛世滋生图》，说的是苏州的滋润快乐和热闹祥和，《盛世滋生图》的很大一部分，就是关于木渎的内容，苏州是木渎的足本，木渎是苏州的持续。

现在，名胜古迹的木渎基本集中在山塘老街上。一座古镇仿佛一篇文章，一条街就是一个句子。如果把这个句子删除了，文章依旧风采，那么这条街对于这个古镇而言，其实可有可无。在木渎，山塘街是不能删去的句子。

靠在山塘街一边的山河，也称做香溪河。

吴越春秋的时候，吴王夫差很殷勤地为西施在灵岩山头建造了一座馆娃宫，居住在馆娃宫里的西施每天的主要功课就是香汤沐浴，这一些放了香料的流水穿过木渎一路而来后，胭脂气久久不能散去，天长日久地满溪生香，香溪这个名字，也自然而然地叫出来了。

　　沿着香溪河，在山塘街上走一走，就是凭吊。历史其实就是春来秋去的风平浪静中，蕴含着你争我斗的风起云涌。而山塘是一位最特殊的观众，仿佛置身事外，其实身在其中，它在沐浴春风后春风得意，它在阅尽沧桑间饱经沧桑。

　　娓娓道来或者从头说起，和木渎相关的应该还有好多故事和人物，这其中保留至今并且依旧蓬勃兴旺的，应该就是石家饭店了，石家饭店是一家已经有了二百多年历史的老字号了，石家饭店最知名的招牌菜就是"鲃肺汤"。"鲃肺汤"曾经是爱国老人李根源津津乐道的一道名菜，尝过"鲃肺汤"的文人墨客和各界名流也有许多，1929年秋天的时候，摇着船去太湖赏桂花的于右任赶到木渎石家饭店，一气之下喝了三碗"鲃肺汤"，还是有点意犹未尽，就笔饱墨浓地写下四句诗：老桂花开天下香，看花走遍太湖旁。归舟木渎犹堪记，多谢石家"鲃肺汤"。

　　也可以说，在木渎，吴越春秋是一段英雄美人的评话，鲃肺汤是一曲风花雪月的弹词。

经典刻画

东山首屈一指的名胜古迹,应该要算雕刻大楼了,雕刻大楼是民间说法,比较规范的名字是东山雕花楼。

在东山雕花楼,除了雕梁画栋,还有就是雕梁画栋的说法,抬头是喜从天降,落地有平升三级,推门是福从中来,关窗是美不胜收。精雕细刻,是雕花楼的特色和精华,而繁复堆砌,或许也是雕花楼的不足和遗憾。

雕花楼的主人是金锡之,在东山造一幢宅子,是金锡之母亲的意思,本来金锡之在上海生活,生意做得流畅,日子也过得滋润。但老母亲生出了落叶归根的念头,一来是义不容辞的孝道,二来金锡之觉得这实在也是一个不错的想法,就添砖加瓦造起了雕花楼。

雕花楼造好了,泊在太湖里的东山多了一道风景,也多出来一些和雕花楼有关的故事。爱情题材是说雕花匠人手艺惊人,大小姐心里的爱慕之情油然而生,楼造好了大小姐就随着老师傅私奔去了,侠义题材是雕花楼内机关重重,太湖强盗趁着月黑风高三进三出,却是一无所获。

　　说起大小姐私奔，倒是确有其事，不过男主人公是东山镇上一个游手好闲的公子哥儿。至于太湖强盗一说，雕花楼树大招风，碰到几桩小偷小摸，再被人传一传染一染，声势不大才怪呢。

　　比较确切的一件事情是，金锡之的老母亲在世之时，经常是有一搭没一搭地向自己的儿子要钱，积下的银元也要有好几万呢，老太太的心思是积沙成塔和积谷防饥，日后万一家道败落，子孙没钱花了，也能救一救急。

　　上了些年纪的老人，住在这样的深宅大院里，总要做一些前思后想的功课的。

　　和雕花楼人间烟火比较而言，紫金庵相对就是超凡脱俗了。紫金庵建在东山中部西卯坞的群山环抱之中，好风景里总有一二座古刹，而古刹大凡是建造在好风景里的，这应该是和出家人的职业有关，既然是不能入世入到男欢女爱，干脆就是出世出到天高云淡。

　　有关紫金庵的建造年代，似乎有点众说纷纭。本来古刹建造于何年何时是用不着如此细致地考证研究的，都是过去了的事，无非是说明历史悠久些或者是历史比较悠久些，只是紫金庵出名的是罗汉塑像，这一些罗汉塑像分开了看，一个个性情分明别具神采，合在一起看是浑然一体珠联璧合，而且特别值得一提的是细节，细微处的刻画活灵活现惟妙惟肖，比如望海观音头顶祥云托着的华盖，比如罗汉手中按着的经盖，分明泥塑，却似丝绸，看上去是微风过处缓缓飘扬的感觉。华盖、经盖和十六罗汉像称做"金庵三绝"。这"金庵三绝"出自谁人的手笔，倒是值得考究的问题。

　　按照《苏州府志》上说："金庵在东洞庭西坞，洪武中重建，内大士及岁汉像，系雷潮装塑，潮夫妇俱称善手，一生止塑三处，本庵尤为称首。"白话一些的说法是雷潮夫妇一生比较大规模的出手只有三次，而紫金庵是最成功最出色的一次了。

大家通过古刹建造的历史，来印证雷潮夫妇的创作，也通过雷潮夫妇的创作，将紫金庵的来龙去脉说清楚，应该就是这么一回事情吧。

紫金庵的大殿后面是净因堂，净因堂前的天井里有两棵古树，一棵是金桂，另一棵是玉兰，这两棵古树比较明显的寓意是金玉满堂。天井门楼的砖额上是"香林花雨"四个大字，传说这四个字是文徵明的笔墨。那一年，明朝的一个秋高气爽的日子，文徵明和唐伯虎一起，去东山探望退隐回乡的山中宰相王鏊，王鏊就兴致勃勃地领着他们去紫金庵游玩，一行人来到净因堂前，面对着纷纷扬扬洒落的桂花，文徵明有点热情洋溢地挥毫写下了"香林花雨"。寺里的主持真是喜出望外，大家也纷纷夸赞，说了些笔饱墨浓龙飞凤舞之类的术语，却冷不丁地一阵风过，将文徵明刚写好的字吹到寺外的半山坞，披挂在橘树上，实在是前不搭村后不搭店，大家费了好大工夫，将那页纸捡回来，那一个"香"字却是已经破损掉了。后来主持请来当地书法名家，补了一个"香"，但终究不是那样理直气壮，终究没有"林花雨"三个字挺拔。

枝头时令

大湖上的千年古树老了，古树上的片片叶子还是绿着。

走过太湖的时候，我们难以说清四季时令是一成不变，还是推陈出新？是时过景迁，还是一如既往？是已经渐行渐远，还是依旧根深蒂固？

吴时德说："万树梅花三里路，断人行处一人行。"春天的时候，太湖其实就是一枝牵引着春风的梅花。

沈周说："谁铸黄金三百丸，弹胎微湿露漙漙。"夏天的时候，太湖其实就是一枚沾着阳光和露水的枇杷。

葛一龙说："尝新掘泥笋，代饷剥枯栗。"秋天的时候，太湖像板栗似的蹲在坚实朴素的壳里面，破开来才是丰腴和肥实的收获了。

白居易说："浸月冷波千顷雪，苞霜新橘万株金。"冬天的时候，太湖是从橘子里一瓣一瓣剥出来的，冬天不紧不慢，太湖又甜还酸。

太湖人家的日子，一年到头在果树和果树间绕来绕去，所以他们的生活是鸟语花香的生活。

香雪海是观梅的好去处，是生在野外土生土长的风景。香雪海这三个字的由来，和康熙年间的江苏巡抚宋荦有关，宋荦应该是一个很有闲情逸致的地方领导，暮冬初春之际，天是时阴时雨的样子，借了一个参观考察的名义，来到光福邓尉山，走一步是香里香外，看一眼是梅长梅短，真所谓是白梅似海，暗香浮动，天姿皎洁，冷艳如雪。这时候六十开外的宋荦有点情不自禁了，他挥毫写下了"香雪海"三个大字，觉得意犹未尽，又写下了《雨中元墓探梅》这一首七绝。

探梅冒雨兴还生，石径铿然杖有声。
云影花光乍吞吐，松涛岩溜互喧争。
韵宜禅榻闲中领，幽爱园扉破处行。
望去茫茫香雪海，吾家山畔好题名。

这件事情之后，不少人传来传去，说"香雪海"这个名字，是康熙南巡时题下的，这位有几分文人气息的一国之君，不辞千里从京城来到江南，见到光福梅花的风景，觉得应该有更书卷的名字，就写下了香雪海三个大字。

这个传说和东西山的碧螺春茶叶有异曲同工之妙，东西山的茶叶，最早叫"吓煞人香"，后来也是拿了皇帝说事，说皇帝觉得"吓煞人香"这个名字有点粗俗，就题下了"碧螺春"的名字。其实"吓煞人香"朴素实在，也是大俗大雅，碧螺春虽说是文人笔墨，却还是少了几分灵动和才华的。

香雪海也有点这样的意思，扛了皇帝的抬头，大家觉得师出有名，而且皇帝向来也是一字千斤，一传十十传百的，香雪海的声名就更大了。

后来一些根牢固实的读书人，通过引经据典明确，香雪海这个名字，实在与康熙无关，一向就是宋荦的说法，经过几个回合的你来我往，大家一致认为，康熙是去过两回光福邓尉，也写了两首七绝，但"香雪海"这三个字，肯定就是宋荦落下的了。

从前的文人墨客踏雪寻梅是一种风雅，现在的老百姓到了梅花开放的季节去光福看梅也是一种抒情。沿着闻梅馆向上走，不多远就是梅花亭，最早的梅花亭早已经不在了，现在留下的，是1923年的时候，香山匠人姚承祖的作品。姚承祖是香山帮知名的手艺人，也爱梅花，将梅花亭造在这里，在梅花未开的时候，是一份守候，在梅花开放的时候，是一份光荣。

然后是枇杷、杨梅。枇杷是"秋萌、冬花、春实、夏熟"，这样的反串，使季节里的唱本有一番别具韵味的平平仄仄了。杨梅是从前的贡果，和鲥鱼并称"冰鲜"，按照王鏊的说法是："杨梅为吴中佳品，味不减闽之荔枝。"在王鏊眼里，荔枝是他乡故知，杨梅是乡里乡亲。

然后是银杏板栗，太湖上的人家称银杏为白果，在太湖白果就是银杏的小名了。太湖上的民谣说："要吃新鲜热白果，香是香来糯的糯，一颗白果鸭蛋大，一个铜板买三颗。"秋天里的辉煌和光彩，在太湖人家的眼里，竟是这样的素面朝天。如果说银杏是太湖的童儿，板栗就是管家了，是太湖这一户大户人家的老管家，是把细腻和机敏藏在心底里的敦厚朴实，言之有物，脚踏实地。

然后就是冬天的橘子了，橘子是子孙满堂其乐融融的乡村人家，满山遍野的橘树，就是一户一户张灯结彩的人家，大红灯笼意气风发地挂在屋前屋后，来来回回的季节，做了一个喜气洋洋的小结之后，又是新的开始。

纸上滋味

栀子花开

也可以说香山匠人的建筑是水木苏绣，而苏绣呢，其实就是丝绸上的建筑了。

有时候我们真的以为，蒯祥和沈寿，其实就是身怀绝技的武林高手吧，因为生在太湖，化实为虚的一招一式，竟不由自主地美轮美奂起来了。

走过太湖的时候，我们一次次地和香山匠人的建筑不期而遇，数百年前的大户人家或者书香门第，数百年后的名胜古迹或者庭园深深，这一些旧旧新新的亭台楼阁，仿佛就是太湖脱口而出的方言。

"天井依照屋进深，后则减半界墙止。正厅天井作一倍，正楼也要照厅用。"这是香山匠人在建造中的约定俗成吧，比如明代的怀荫堂、凝德堂、瑞霭堂、圣恩寺，比如清代的古松园、春熙堂、榜眼府第，比如民国时期的春在楼，比如现在的古樟园，这一些不一样的建造，是一些相同的风貌和气概，它们是香山匠人的息息相传和子孙满堂啊。

香山渔帆村的蒯鲁班园，也是典型的香山匠人的设计和建造，这里是蒯祥最初出发的村落，也是他最后安息的家园。一生的东奔西走太漫长了，漫长如滴水成河，一生的南来北往也太短暂了，短暂似白马过隙，而现在，就是在蒯鲁班园里，漫长和短暂之间，故事和传说仿佛栖在枝头的鸟儿，看天边外一回一回地日落日出。

数百年前，香山渔帆村的一户普通的木匠世家，也会产生让自己的后代读书进仕的想法，历史如果沿着这样的思路发展下去了，太湖人家也许会多出一个状元及第的书生，而中国历史上，注定会少一位出手不凡的建筑大师。

蒯祥的父亲蒯福，曾经在明朝洪武年间参加过南京明故宫的营造，或许在他眼里，砖木石瓦就是最精彩的四书五经了。

那一个立在一边似懂非懂的孩子，看着自己的父亲，在新刨好的木材上，用墨斗划上简简单单的直线，这一条直线，是最超凡脱俗的武林秘笈，是通往一代宗师的图上的道路。

永乐十五年，蒯祥和全国数以万计的工匠前往北京，参加皇家宫城的营建，蒯祥担任总设计师是工程师，设计并挨近建造了故宫太和殿、中和殿、保和殿、北海、中海、南海以及天安门。

天安门，一个国家和民族的标志性建筑，也是太湖之滨香山匠人的代表作，这时候太湖，似乎也有了遥远的具体和生动。

数百年前的参天大树，数百年后的绿树成林，声名赫赫和贩夫走卒，仿佛就是挂在树上的叶子，春花秋月，人生一次次老去，永远不老的，是这一片叫太湖的森林。

如果说蒯祥是挂在太湖之树上的一片绿叶，那么沈寿就是挂在这棵树上的另一片绿叶了。

沈寿的故居，坐落在木渎山塘街上。或者就是因为刺绣吧，这一座老式庭院里走出来的小家碧玉，注定将成为太湖人家中最女人的女人。

沈寿原来的名字叫雪芝，和蒯祥仿佛，沈雪芝最初的辉煌也是和京城皇宫有关。光绪三十年十月，慈禧太后七十寿辰。沈雪芝绣寿屏进献。慈禧见到大加赞赏，称为绝世神品。除了授予沈雪芝四等商勋外，还亲笔书写了"福"、"寿"两字，分赠沈雪芝夫妇。这以后，沈雪芝就成了"沈寿"。

《牧羊图》、《观音像》、《美国女优倍克像》，这一些是沈寿的传世之作，一针一线和一生一世，其实一个女人纤巧细致的心思和情感，是以文化艺术的方式，含蓄而周到地体现出来的呀。

仿佛蝴蝶的翅膀拍打春天。

因为太湖，一些古人在我们心里像风一样飘然而至，因为太湖，一些古人在我们心底像云一样展翅而去。衣袂飘飘地来来去去间，他们振振有词或者击节而歌，他们掷地有声或者一唱三叹，这样远远近近长长短短的吟咏，令我们也无比风雅起来了。

现在，我们走过太湖，因为走马观花，也就有了好多遗漏，一些遗憾，如影随形，使我们在今后漫长的岁月里一次次慢慢地忆起太湖。

我们走过太湖，一丝惆怅泛上心头，因为，对于太湖，我们不是知道得太多，我们的了解，似乎还没开始，太湖已经隐约地隐进历史长河，在其间闪烁其词，我们难以寻觅她清晰的面容。我们所能看见的仅是她的背影，即使背影，也是风姿绰约的样子，风姿绰约的背影已经让我们惊喜不已，感慨万千。

曹后灵

二十多年前，当时的吴县成立棋院，负责人是范小青的父亲，范万钧范老。我说，我要为棋院题字，范老说，不用麻烦你，我有现成的书法家。

这是我第一次看到曹后灵的书法，当时他的书法是中规中矩，四平八稳。我对范老说，后灵已经是一名不错的书法家了，但他的作品，不是我所喜欢的书法。范老是老革命，也是老作家，但对我表达的这样深刻的书法见识，就不一定理解了。老先生说我是有点妒贤嫉能。

二三年前头，我要写一本和茶有关的散文，和出版社的合同是十万字，到了约定的日子，怎么算也只有八万字，而且自己也想不出再可以写点什么了，我就急中生智，约了二十多位苏州的文人墨客为我写序，最后算下来，一本书还超了几千字呢。

后灵的序言是一幅书法小品，他说茶对于他有一份特殊的意义，因为他的父亲一辈子喜欢喝茶，每天要去茶馆，有一年大雪天，他父亲依旧提着一个篮头，篮子里放了一把茶壶，去茶馆喝茶，却不慎跌倒在桥头,从此一病不起了。到现在说起喝茶,就会想着父亲。

以往看书法,情感上的起伏不多,记忆中让我动了感情的,应该是颜真卿的《祭侄稿》,和苏东坡的《寒食诗》,还有就是后灵的这幅书法小品。

之后,我又看到了后灵的《藏灯记》,后灵有收藏油灯的爱好,这么些年来,走南闯北东奔西走地寻觅,已经有了好几百盏油灯收藏,《藏灯记》就是一幅关于收藏油灯的书法文字。

有一些热爱书法的人,经历了梅花香自苦寒来的勤学苦练,成为书法家,再不断用功,不断长进,成为更好的书法家。但要是点画之间,没有情感的线索,只让读者有"好一手王字",或者"好一手颜字"的感慨,其实就是另一种卡拉OK。而后灵不是这样,看起来他成为书家之后,有意无意地在回避书家,其实回避的是一种程式和习气。

不久之前我遇上书法家华人德老师,华老师说,他在写一篇有关曹后灵书法的文章,有些细节还要了解。我说我来提供一个故事,有一回我上午十点多遇上后灵,后灵伸出手来,指甲上还沾着墨渍。后灵有个十分明确的特点,心里高兴了就要写字,心里有点不痛快了,也要写字。心脏病人口袋里常要备好救心丸,一有情况,吃下去就舒服了。书法是后灵必备的用墨做成的救心丸。

后灵是性情中人,或者说是有文人情怀的书法家,我和他相交近二十年了,有一回大家聊天开心,后灵说要送一张范烟桥、程小青合作的扇面给我,后来却说搬家后找不到了,我倒是一直记着这事。今年春节,后灵送我一帧书札,我准备请车前子画了一个扇面,我再写好字,作为回礼,也是一种暗示吧。

夏回

我和夏回同年纪，都是1963年生人，这一年出生的特别多，1963年应该是三年自然灾害的末梢，日子好转了，大家也有了生儿育女的余地了。但我在我们家排行老大，也就是说我是有1963年出生的必然性的，夏回在他们家排行老末，苏州人称老拖儿子，要是没有他，夏家门里也是人丁兴旺子孙满堂的格局。多年之后大家看了夏回的花鸟水墨，才意识到夏回是一位不可多得的画家。

现在我还记得，我们周围的文艺青年中，夏回是第一个结婚成家的，当时好像大家还有一些似懂非懂的意思吧，夏回找到我们说，我结婚了，这是喜糖。还派给大家一支"牡丹牌"香烟。我们这些男孩，抽着一个男人给的香烟，隐约觉得自己长大了。

三十年之后的去年冬天，我打电话请夏回来青石弄5号吃菜饭，夏回说我带一个人来阿好？然后带了他女儿来了。

小姑娘已经是亭亭玉立的大学生了，在北京中央美院读书，和美术有关，也是子承父业。我和夏回差不多也是她现在这个年纪认识的，似乎当年夏回派给我们的香烟刚刚抽完,烟头也刚刚扔掉,孩子竟长大成人了,岁月如流这句话,真是说到点子上了。

我上班的地方是叶圣陶故居,这一幢宅子有一个小园,小园里种了好多花木,玉兰、海棠、紫藤、芭蕉、石榴、梅竹等等。平日里出门游山玩水,很随意就能见到玉兰海棠什么的花木,但这些玉兰海棠和我呆在一个门堂子里,我觉得她们就是我的同事了。所以哪怕是同一个品种的玉兰海棠,在别的地方看到,就是陌生人,种在自己园子里的,就是熟人。

玉兰是先开花,没有几天日子,待花落净了,再绽出来一点绿意,接着叶子越来越大。玉兰花开放的时候,梅花还开着,梅花多么冰清玉洁啊,但盛开的玉兰花一下子就把她比下去了,玉兰高贵、大方、温和、从容不迫地美丽着,使我觉得呆在一边的梅花甚至有点寒碜和做作了。

芭蕉因为生长繁殖迅速,所以每一年都要修剪干净的,但到了夏天,芭蕉依旧是枝繁叶茂的样子了,芭蕉伸展开来的时候,是那么的大胆和随意,还有石榴,开花的时候,完全是一幅宋人的小品画。我一直想,我要是会写生就好了,就能把见到这些花木时的心思和激动记录下来,我要是把这些写生挂在自己的书房里,那是对美好的最经典的收藏,是对一年四季的温故知新。

为什么我读了夏回的花鸟画,有一份特别的亲切呢?我以为夏回将面对花鸟时的心思和激动准确地传递出来了。

我记过一段有关花鸟画的文字念头,我说,花鸟是没有年纪的,画家就是要画出来岁月落在花鸟上的痕迹,画出来画家自己的私心杂念。有一些花鸟画的功夫,估计是从前人的优秀创作中锻炼出来的,说起来也是惟妙惟肖,但精神面貌上,似乎缺少了一点东西,这好比是和演员的剧照交朋友,那是很知人知面不知心的。

我生出来为夏回的花鸟画记一些文字念头,是在一家画廊里读着夏回的几幅旧作,因为有些年份,颜色不是那么鲜明了,但是风骨依旧,很恣意很散淡的样子。有的小品就是单独的零件，也不能给人整架机器的联想，夏回的这几幅作品，不仅让人想到机器，还让人想到了一个车间，比如那几页石榴，使人感受到了秋天。

夏回的花鸟画，还是拿演艺圈来说个事吧。演艺圈有好演员和不太好的演员之分，不太好的演员在表演影视剧的时候，应该也是很卖力的，但人家往往会忽视他的表演，而光顾着看故事看情节了。好演员能够让观众忘记了故事情节，只是关注他的举手投足音容笑貌，他在故事和情节中，表演出来却是他自己。

我觉得好的花鸟画就像散文，比如齐白石的作品，农民看了以后说，这不是我种在田里的蔬菜吗？城里人说，这不是我们家厨房里的青菜萝卜吗？艺术家说，这可是艺术殿堂里的供品啊。大家都能找到各自的落脚点，然后安心地和齐白石交流一些悄悄话。散文是永远没有了结的一种文体，散文的另一半要靠别人去完成的。了结了的散文，那是中小学课文，孩子们在打基础，远方是从眼门前一步一步走出来的。

差一点的花鸟画家呢，容易流入对生活的描摹，像小公务员似的，花鸟是他的上级，他画图就是不折不扣地执行上级指示。好的花鸟画家呢，生活中的花鸟只是他的借题发挥，是他的虚晃一枪，他笔下的花鸟，其实就是他自己。大家透过花鸟，看到的是画家的情怀和才华。而夏回就是这样的好画家。

在我心目中，苏州有两个花鸟市场，一个在皮市街，这是苏州的物质文明。另一个在夏回的画室里，这是苏州的精神文明。生活在一个鸟语花香的年代，我现在心情很好。

最后我想为这篇短文来点一下题，我以为夏回的花鸟画，最精神的地方，应该是他对笔墨的理解和自己的把握，这样的理解和把握，张扬出一份独到的艺术个性，使纸上的水墨恣意、高贵和鲜活。读到这样的作品，我想为夏回的花鸟画题四个字："风华绝代"。

纸上滋味

陈危冰

午睡起来，感觉有点空落，按说是在休息，没有花去什么力气啊，却觉得经历了一番劳动似的，少年时再累，睡去一觉以后，就是神清气爽，真是岁月有痕啊。

我打开冰箱，化一点鸡头米点饥。

前面这些文字，全是为了"点饥"这个词而铺陈的，点饥是苏州方言，意思是吃点东西充实一下吧，我想到这个词，以为太书卷气了，正好有文章写，想出办法塞在纸上。

苏州一年四季有不同的物产，什么时候吃什么东西，泾渭分明，唯有春天的碧螺春和秋天的鸡头米，是要存下来好多，放在冰箱里，享受大半年呢。现在我家里的鸡头米吃得差不多了，再过个把月，今年的鸡头米又要上市，人生一直有些念想，这或许是生在苏州最大的美丽。

好比说碧螺春指的是太湖东、西山出产的茶叶，苏州人也只对南荡鸡头米情有独钟，南荡指的是苏州葑门外的一片河荡吧，清代流传下来有一首《忆江南》，就是苏州人对南荡鸡头米的文言说法，"苏州好，葑水种鸡头。莹润每疑珠十斛,柔香偏爱乳盈瓯,细剥小庭幽。"南荡鸡头米糯而细腻,鲜而柔和,是别具一格的只此一家。

南荡归苏州工业园区管辖,神奇的热土自然避免不了开发的宿命,据说今年的鸡头米都在吴江乡下种植的,背井离乡的鸡头米会是怎样一个滋味,我不知道。所以我想到了陈危冰的水墨,在我心目中,危冰的水墨,其实就是纸上南荡。

危冰是苏州知名画家,相比较他在水墨上的成就,我以为危冰笔下的题材,更有意义。中国画题材通常分为人物、山水、花鸟画三大类。危冰水墨的内容是田园风光,花果树木。体育项目有比赛跑得快的,有比赛跳得高的,有比赛力气大的,危冰相当于铁人三项,是综合实力的考量。

中国画还讲究流传有序,宋元花鸟画,明四家、八大石涛等等,都是当代画家的前因,这样的前因,是一种依托和启发,是一种前进的支点。而现代画家的作品,也可以说是这些前辈的后果吧。危冰的水墨,能够从前人成就中直接借鉴的不多,因此要花更多的触类旁通的工夫。

有一次几位书画朋友在青石弄院子里喝茶聊天,话题说到了沈周,危冰的眼神里放出了光芒,感觉是说到了他一个知己亲密的朋友。然后从沈周的山水画格调,说到了沈周当年在相城的生活,甚至沈周中意的乡村美食。危冰是历历在目如数家珍。这一瞬间令我十分感动。真正的向古人学习,不单单拘泥于笔墨点画之间,可能就是精神深处的敬畏和迷恋。

徐贤

徐贤笔下的山水，让我不由自主地想到从前。

从前的古人去外地探个朋友或者做趟生意，基本上很多天是赶在路上的，他们驾一叶扁舟在水上漂漂荡荡，四周的山山水水出落得跟公园似的好看，而他们仿佛是闲来无事，上公园里来游玩的。我们现在读古书，觉得古人好像不怎么着家的，他们全是怀着一个行万里路的志向东奔西走呢。从前的日子不怎么心急火燎，从前的古人似乎也是有的是时间，现在好几百里的路，一会儿工夫就很不在话下地到了，却也没见我们生出多少空闲来，我们的世界，是没日没夜地日新月异，然后呢，建设得越快，就越是要建设，发展得越快，就更要发展了。徐贤笔下的山水，让我不由自主地想到已经回不去的天高云淡。

其实很少有水墨，让我一下子想到水墨之外的意思，徐贤是个例外吧。

好几年前，我要为一部太湖专题片撰写解说词。接了这个活儿就去到东、西山呆了几天，却是一点头绪也没有，主要原因就是心里面对太湖太熟识了，一时间不知道从哪里着手。我只能在书房里寻找一些线索，这时候我想到了徐贤的水墨。就对照了徐贤的水墨，以看图说话的方式，完成了自己写作。

通常意义上，山水画是一座老宅，水墨工作者，全是住在这幢宅子里的居民，通常的做法是，大家在室内装饰和布置上下功夫，这几乎是有点约定俗成的事情了，而徐贤以太湖为主题，似乎是对山水画做了一些重新翻修的工作，就是将山水画这一家百年老店，依照苏州人的习俗和自我的想法，进行了一次改造。

在苏州，太湖就是一年四季的丰衣足食，是苏州人心满意足的享受和欣赏，是碧螺春、杨梅橘子，是桃花李花、白鱼白虾大闸蟹，徐贤在内容上，将水墨交给了这些角色，让他们成为自己作品的领衔主演，大家不由自主和自然而然地跟着向前走，现代生活的紧张和快捷，使得现代人有点像迷路的孩子，徐贤的水墨，把迷路的孩子送回到家里去了。

出色的山水画，不单单是赏心悦目的山清水秀，而是在水墨的点画之间，浸透出岁月的痕迹，就是山水的包浆吧，就是精神。无论是人物画花鸟画或者山水画，能够描绘出来他们的精神和风骨，应该是艺术家的修为和境界了。

徐贤和好多苏州人一样，对于太湖山水，首先是发自内心的一份热爱，怀着这样的热爱去感受和体会，所以他的笔下有一种思索和感动。

因为徐贤的作品，我觉得在心底里，家园比故乡更重。

故乡是一个港湾，家园是背在身上的行囊。故乡是土生土长的情愫，家园是挥之不去的依托。故乡是一掷千金的挥霍，家园是乡下老太，包在手帕里，不时拿出来看一眼的几枚银元。

所以我要说徐贤的山水画，其实描画的，是自己的家园。

孙宽

孙宽的水墨，可以从苏州园林说起。

四十多年前，安东尼奥尼拍摄了一部名为《中国》的纪录片，其中有二十多分钟是关于苏州的故事。一对朴实的夫妻在苏州园林里取景拍照，还有苏州西园的情景和文物，安东尼奥尼表现西园的时候，配的是当时流行的样板戏，敲锣打鼓高亢激越的背景之下，庭院景色反而显得更加安宁了。这一年我还是个孩子，而孙宽呢，应该还没有出生。

安东尼奥尼拍摄《中国》的时候，孙君良孙先生应该在苏州园林里写生。

孙君良孙先生二十岁就加入苏州国画院，他的同事有张辛稼和吴养木，孙先生以园林画著名，他的水墨散淡随意，又和气风雅。我每回去拜访孙先生，他总要领我在画室外的园子里走一圈，看看新种的石榴，或者是修剪的紫藤，孙先生的画室名为"快绿轩"，所以我以为孙先生最得意的作品，是"快绿轩"中的园子。

从前的苏州园林，几乎是苏州人家里的一座花园，也有人在这里品尝文化体验精神。更多的是休闲玩乐，还有就是青年男女相亲约会的地方，从前的相亲约会很私密，放在园林里，多了一份美丽的羞涩。不比现在，现在的相亲，是电视上大张旗鼓的群众运动，搞得像小商品市场一样热闹。孙君良先生内心依托的，就是从前的日子和从前的苏州园林，所以我们读他的作品，经常能唤起从前的记忆和情怀。

孙君良先生从国画院退休没多久，孙宽调入国画院，在孙君良先生之前的画室工作，画的也是纸上园林。这是比较经典的子承父业。

形容苏州的闲话，我最欣赏的一句是"梅花开在梅树上"，其实我已经记不得这是谁说的句子了，反正不是我凭空想出来的，因为我没有这样的境界和才华。苏州这棵梅树上，盛开过唐伯虎文徵明，也盛开孙君良，还有孙宽。

对于绘画，孙宽应该有天然的优越，从小耳濡目染的熏陶，以及孙君良先生的言传身教，孙先生可以传递给孙宽的是对绘画的热爱和痴迷，可以教授给孙宽的是绘画的观念和技法，但孙君良先生经历的园林，对于孙宽来说，几乎恍若隔世。

从前的园林，可以说是苏州人家园的一部分，现在的园林，除了身在苏州，本质上和苏州人关系不大了，她属于一日游参观，属于外地游客，属于照相，却不属于水墨国画了，因此孙宽画园林几近作茧自缚。

作茧自缚的追求就是破茧而出的飞翔。我以为孙宽的水墨，已经有了飞翔的意思了。如果说孙君良先生的纸上园林是逝水年华的回忆回味，孙宽的纸上园林就是超凡脱俗的如梦如幻。孙宽的意义在于他画出来了另一个苏州园林。一个过滤了喧哗与骚动，平淡与世俗的苏州园林。

现在我的书桌上，放着孙君良先生和孙宽的画册，我要写作散文的时候，就读一会儿孙君良先生的作品，我有了写诗的念头，就看一会儿孙宽的绘画。有时候做人累了，想到成仙，就看看孙宽笔下的园子，有时候成仙久了，想要回到人间，就读读孙君良的水墨。

　　文人造园是苏州园林的一个特点。著名的拙政园就是文徵明的手笔，我不能和文徵明生在同一个时代，不能获得身临其境的感悟，这是一种遗憾，然而因为孙君良和孙宽，我又有了一份特别的幸运。他们的纸上园林，使我觉得生在苏州，美丽而温馨。

钱玉清

几个月前,《新民晚报》约我记一篇有关华人德先生的文字,这事对我来说并不容易,之前我已经写过介绍华老师的文章了,另一点我和华老师比较熟悉,要呈现出崭新的面目真是难题。一时间我不知道如何着手,就找来华老师的隶书作品,临写了几幅。

隶书本来文气安详,写起来好像回到了古代,似乎在和古人喝茶谈心,而华老师将这样的文气安详体现到了极致,大家对他作品的印象是严谨书卷。但是我在临写之后,却是一番完全不同的感受,华老师隶书的点画之间,是十分率性的快意恩仇,呈现在纸上的古人只是一个忽隐忽现的影子,而比较鲜明的是书法家内心的狂放和张扬,骄傲和自信。

这是一个很有创意的写作技巧,甚至可以成为我写作采访文字的看家本领。现在我要说说钱玉清,所以这一阵我一直在临写他的草书。

最初我想到一个题目叫"水墨少帅",钱玉清干的是惩恶扬善的公安,却生得书生意气文质彬彬。钱玉清擅长狂草,我行我素旁若无人。但生活中十分知书达理,谦谦君子。我以为用"水墨少帅"入笔,来描写钱玉清,十分切合,而且我的文字也十分方便开展。

这篇文章我去年就打算动笔写的,一直搁着,拖到了新年,今年我竟五十岁了,俗话说年过半百。书画家到了这个年纪会在自己的作品上打上"五十后作"的闲章,我希望我的文字也有所变化,朴实无华直截了当一点,所以就取了现在的题目。

我是要说钱玉清的书法,上年纪的人嘴碎,写文章也是,从前三下五去二就能切入正题,现在绕了一大圈,还没出门,要么就言归正传。

也可以说,因为钱玉清,我才开始认识当代人的草书的。之前我对当代人的草书可能有所偏见吧,感觉这个形式有点得理不让人,有点张牙舞爪,我在草书面前甚至是理屈词穷的状态。我是循规蹈矩的老百姓,草书是盛气逼人的黑社会,所以我一向对草书避得远远的。

学习了钱玉清,才明白过来,我对草书的认识是那样片面和浅薄。草书不是不讲规矩,而是有太多的清规戒律。而且我觉得钱玉清的书法,在飞流直下金戈铁马的背后,却是十足的文静和书生。

远和近,虚和实,动和静。不用去理会别人在想些什么,也不怕人家读懂你的心事,轻轻松松,散散淡淡,平平常常,实实在在,从从容容,真真切切,这样的感觉,使我十分享受。

去年我四十九岁生日的时候写了一首诗纪念,"一岁年纪一年人,而今已然不青春。东拼西凑四十九,水墨麻将共余生"。回首大半世人生,也不知怎么一下子就过来了,几乎没有干些什么,有一种东拼西凑的感觉。麻将是我的爱好,我是一个作家,展望未来的时候,为什么不文章麻将,而拿水墨说事呢,因为文学艺术没有种瓜得瓜的好事,我的心智也只能到这个境界了,再要进步可能很难了,想到这个很无趣,就决定放弃了。去年一家诗刊编辑部来苏州,约我一起碰头,说我曾经是他们的作者,我去饭店的时候,觉得是带着现在的老婆上前妻家作客,很不自然，也有点失落。回过头来学书法，其实是六十岁学打拳，志气很大，难度不小，我内心一直有点灰心。但最近交了好多书法朋友，对我启发很多，比如钱玉清，他的书法勤学苦练是显而易见的，但打动我的，却是笔墨间展示出来的心思和情怀。另外一点体会是，草书一般给人的印象是逸笔草草，钱玉清的书法，感动我的，却是舒缓之间的细致周到，奔走时的沉着踏实。

不久之前，钱玉清的作品获得了国家书法大奖，这是行业内的最高荣誉，十分珍贵也十分难得，因为这个荣誉，公安机关还要给他记功。公安记功可是很不容易的事情。我有个亲戚，也是干公安的，每日早出晚归，不是值班就是加班，抓过的坏人，聚在一起可以开大会了，年终只评着区里的先进。钱玉清兵不血刃就建功立业，真是为苏州争光，给文人争光。

冷建国

朋友的孩子要学习书法，请我推荐一位老师，我一下就说到冷建国了。

冷建国是专业书法家，获得过全国和省市的好多书法大奖，十多年从事书法教育，是桃李满天下的园丁。但这一些都不是我推荐的原因。

我与建国见面的机会不多，每一次遇到了，就是谈一些书法的话题，我是票友，喜欢泛泛而谈，建国说出来自己的心得，使我觉得建国是行在书法河里的帆船，而我是走在书法河边的闲杂人员，他很内行，也很用功啊。每次建国总是话锋一转，说到了自己的书法，最近哪些笔墨有了突破，接下准备做哪些方面的功课。这一些说法让我内心感动，我想让孩子学一学建国对书法的执著和热爱，学一学建国孜孜不倦的进取心，或许更有意义。

我刚才打了一个河里面行船的比方，在我心目中，差不多有两类书法家，一类是开公共汽车的，一类就是开船的。开公共汽车的书法家也有相当的功力，真草隶篆各门武林秘笈看了不少，一招一式丁是丁卯是卯，但是他们往往为了写字而书法，笔墨之间没有感情的波动，没有心思的痕迹，一个字一个字地完成，仿佛开公共汽车，走走停停，一点也不畅快。

另一种河里面行船的书法，逆水行舟或者顺流而下，笔墨之间是抒情的脉络和人生的感悟，于是书法成为表达这些脉络和感悟的一种方式。我们看到的不是颜鲁公或者柳公权，而是活生生的作者自己，是一个独一无二不可取代的艺术生命，是一份货真价实生动丰富的真情实感。冷建国应该就是这样的书法家。

写好字至多是古人作品的复制和翻版，好的书法应该是和古人心心相印的交流吧。冷建国的书法告诉我，笔墨是可以抒情的，冷建国的书法不面面俱到，也不老生常谈，而是以崭新的角度面对和审视真草隶篆的前世今生。冷建国的书法，有一点沉香式的旧气，是非常纸质的美感。我们看到的一些新鲜的想法若隐若现，和我们现实的生活和世界若接若离。看到始终饱满又很有节制的书法家的内心。

我在记这段文字的时候，正好是阳春三月春风得意，我的内心也十分温柔美好，我想再过几年，我也要抱孙子做阿爹了，我想和建国打好招呼，我的孙子，是要跟他学习书法的，我希望建国能够帮助我，在第三代身上，完成我写好书法的梦想。

张迎春

欣赏花鸟画，是通过纸上的花好月圆，去体会画家对花草和飞鸟的热爱，去感受画家对水墨的迷恋。读张迎春的花鸟，以为他一直是小心翼翼的样子，生怕自己不留心，惊吓到了枝头的飞鸟，风和日丽的日子，他是花鸟知己的朋友，天有不测风云的时候，他会站出来为花鸟遮风挡雨，我想这样的状态，就是热爱和迷恋吧。

苏州不少青年画家要比我小好几岁，但因为他们的才华和修为，因为我对水墨特殊的热爱，我愿意把他们当成兄长或者老师。苏州人的俗话是若要好，老做小。张迎春却是一个例外，按照他的水墨，应该当得起我的兄长或者老师，但每一次见到他，我就不由自主地想到张晓飞先生来。

二十多年前，陆文夫先生创办《苏州杂志》，提出来办刊特色之一是图文并茂，当时为《苏州杂志》插图的就是著名画家张晓飞。那时候我还青春年少，说起来我和张先生是半个同事吧。苏州人一向知书达理，客客气气，从前我父亲有个同事，比我小好几岁，我父亲却一定要我叫他叔叔，说是辈分在那儿呢。

张晓飞老师是创作桃花坞木刻的中国工艺美术大师，水墨画擅长人物，张迎春的水墨画是花鸟，初一看大家从事的是一个行业，这应该是天经地义的子承父业了，其实真不是这么一回事，好比是同一条巷子里的两家人家，他们有着各自的生活和工作呢。但是迎春自小受到耳濡目染的影响，培养自己对于水墨发自内心的喜爱和热爱，这是流传有序和息息相关。还有迎春为人为画体现出来的宽厚善良耐心细致，明显是张晓飞老师的影子。

有一年苏州出版一册花鸟画集，邀请我和老车记一些文字，我的文字中有这样一段闲话："花鸟是没有年纪的，画家就是要画出来岁月落在花鸟上的痕迹，画出来画家自己的私心杂念。"这是我当初看到迎春的花鸟画作品时的有感而发。

迎春笔下的花鸟，有血有肉，有筋有骨，并且充满了喜怒哀乐，花鸟是迎春的亲戚朋友，有时候就是迎春自己，迎春不是简单地描绘着花鸟的一个样子，而是细致周到地阐述着花鸟的精神。

山水、人物和花鸟水墨画，说到底是画家的虚晃一枪，是画家的借题发挥，画家通过这些展现的是自己的情怀和思想，是内心深处的风吹草动。

迎春的花鸟作品，给我一个最大的印象就是在意，迎春十分在意自己的心思，从容不迫地体贴怂恿着自己的心思，并且耐心细密地表达出来。美食行业有食不厌精脍不厌细一说，拿它来形容迎春的水墨，我以为也十分合适。

宋朝是文人辈出的时代，也诞生了不少文化传奇，宋朝的花鸟画就是传奇之一，花鸟画中的领军人物是黄荃，黄荃的作品以"勾勒填彩、旨趣浓艳"闻名于世。张迎春让我一下子想到了黄荃。文化艺术行业里有非物质文化遗产传承人一说，要是将迎春的作品追根穷源，我以为他就是黄荃一脉的非物质文化遗产传承人。

纸上滋味

宋咏和潘风

更多的人称篆刻是刻图章,其实是两回事情,好比大清早跑步是人民群众的强身健体,在奥运会跑是体育健儿的摘金夺银。

早年的时候,我也为学校的校刊篆刻过,校运会了,刻一些"更快更高更强",读书节了,刻"书籍是人类进步的阶梯"。挣来三五元稿费,然后上午两节课后去换些烘山芋茶叶蛋。很多年之后我才明白,这是我对篆刻不光彩的失足,人生要是能重新来过,哪怕饿肚子,我也不会这样没羞没臊地对待篆刻。

通常的说法是石不能言,篆刻家是一些能和石头对话的人。

多年前我听到一个故事,说是欧阳中石请教齐白石,欧阳中石说,我的名字欧阳两字大写,笔画很多,中石两个字笔画又很少,印章布局一边紧一边松,有点不太谐调,你有什么办法?齐白石说,你不如把中石两个字,当成一个字来刻,后面一块地方,就让他空在那儿好了。

这个故事对我很有启发,至少我有点明白了篆刻是怎么一回事情了。一方金石,其实就是一种拘束,篆刻就是在拘束的前提下打破拘束吧。

对于平常人来说,拘束可以删繁就简,好多事情,因为拘束而容易起来了，对于艺术家来说，拘束是一个很大的难题，是明知山有虎，偏向虎山行。艺术家又不是武松，打老虎基本上是不敢想的，只能和老虎一番周旋。所以我觉得篆刻是一种周旋，是周旋之后的脱颖而出。

篆刻的难处，不仅仅是面对山上的老虎，还要面对和山的关系，这个山就是书画。篆刻比较多的用处，是书画作品上的名章和闲章，篆刻是书法作品的画龙点睛，篆刻不能喧宾夺主，也不能画蛇添足，不能全是自我，也不能失去自我，有点像从前大户人家的长房媳妇，上面有公公婆婆，当中有丈夫子女，旁边还有小叔小姑，要和谐，又不能让自己太委屈，实在是难事情，单打独斗不落下风。群贤毕至又有一席之地，为人处事搞艺术，能达到篆刻这样的地步，该是多么功成名就啊。

宋咏和潘风是苏州很出色的篆刻家。宋咏的父亲，也是篆刻家，宋咏从事篆刻，和从小的耳濡目染相关。老宋先生曾经是苏州一家大型企业的工会宣传工作者，老宋组建的职工书画兴趣小组，很有成绩也很有名声，苏州好几位篆刻家，都是老宋的学生。但老宋应该是将独门秘籍传给了宋咏，这个独门秘籍，就是踏实诚恳，兢兢业业，和对篆刻矢志不移热爱和追求。

我一直以为仙风道骨是用来形容上点年纪的古人的，第一次遇上潘风，我以为这个词不仅说的是潘风的形象，也可以用来形容潘风的篆刻，潘风的篆刻，飘逸如笛。

宋咏和潘风的篆刻，使刚直不阿的石头，柔和而绵延，他们的篆刻，一点也没有和石头对抗的意思，而是和石头之间的一种磨合，这样的磨合，是人和石头的和谐。

说起来我也是一名书画爱好者，但是职业素养和基本功夫非常一般，好多时候心里想到一种境地，落在纸上却是另外一番效果。每一次最笃定和踏实的辰光，就是盖图章。我的名章闲章基本上是宋咏和潘风的创作。书画虽然平平，但图章比较精彩，一件作品上有一点可取之处，对我是很大的安慰。

纸上滋味

黄翔

黄翔是沙曼翁先生的弟子，我以为他在书法创作上，还要取得更高的成绩，因为我明确地体会到，黄翔的心里装着沙老。

这话应该放在文章结束时说出来，内容放得开，结尾收得住是文章大致的路数，但我不太讲究规矩，搪塞的说法是法无定法，其实和没有跟着好的先生有关。一般说起来书到用时方恨少，我的认识是光有书本是不够的，还要有一个好的先生，一个好的先生，几乎是受用一生的随翻随用的书本。

我青春年少的辰光，十分崇拜郁达夫和周作人，内心里把他们认作我的先生。平日里文人朋友聚在一起聊天，说起周先生的夫人大手大脚，铺张浪费，说起王映霞移情别恋，我一般不插话，而且有点不愉快，这样说我的师母不好。

我的先生毕竟是隔岸山水，等于是拿着一本武林秘笈练武功啊。我的交往中，有三个行当的朋友，令我十分羡慕，一是厨师，一是评弹演员，还有就是书画家，他们都有按部就班的拜师学艺的历程，也就能够字正腔圆地成长。

沙老以隶篆技惊四座，而黄翔以草书见长，好多人记着沙老不怎么写草字，但我就是从黄翔的铁划银勾之中寻找一些沙老的影子，这样的影子，甚至在笔墨之外，是沙老的精神和气息吧。

不久之前我遇到过书法家李双阳，我眼光中的双阳正是青春年少，喧哗骚动。他的书法作品也是飞流直下神采斐然，谈起他的老师瓦翁，双阳一下子安定温和起来，双阳说起好多陪同瓦翁先生东奔西走的故事，和瓦翁先生的交往，是他一辈子的历历在目。我以为双阳的书法，或许就是多了这一点安定温和，才多了一份情感层次，也就有了更高的艺术品质。

我曾读到过好多封沙老写给弟子的书信，这一些书信中谈书谈印的内容，我只是一知半解地理会，这与我在书画上的学养不够有关吧。但是书信中家长里短比较琐碎的交代，却是十分温馨和美丽。去那一位朋友家拿一盆兰花，兰花要怎么养植，去石路上的茶叶店买二两茶叶，茶叶要用旧报纸报裹。这些和生活相关的点画，或许是本质的书法啊。

我和沙老有过几面之缘，全是在书店里的巧遇，我想起黄翔也是好几次谈起陪同曼翁先生去书店的往事，临习书法之外，黄翔最大的兴趣爱好，就是看书学习。

黄翔是吴县甫里人，十多年前，黄翔请沙老替自己刻一方"吴淞江畔一书人"的闲章，老先生答应了之后却迟迟没有动手，几个月之后，已经又是一个新年了，正月里黄翔陪同沙老去狮子林赏梅，经过狮子林长廊时，沙老看到一边壁上倪云林的书法石刻，其中有"吴松江"三字，老先生掉过头来对黄翔说道，你还托我刻一方闲章呢。

"吴淞江畔一书人"的边款上是：说文无淞字，作松，取其音同。丙子正月曼记。

纸上滋味

王家南

我要为画家王家南记一些文字。

好多朋友说起王家南的佛教绘画,全是赞赏的口气,我对这一题材的水墨学习不多,所以一时间不知道如何着手。正好最近有两次去寺院的机会,一次在常熟兴福寺,我们拜访常熟评弹团的陆建华先生,陆建华邀请大家去兴福寺喝茶,接近冬天的日子里,兴福寺游客不多,我们在红豆树下喝茶谈评弹,和书场有了距离,甚至和评弹也有了距离,这样的距离安静而陌生,大家的心境竟平和起来了。还有一回是书画朋友相邀去重元寺写字画画,其实是贴着重元寺的一进院子,我们十分平淡散漫地水墨,最近我正好在看苏字,到了我这个年纪,工作家务占去了大部分精神,所以我学习书法的方法主要是看。将近黄昏的时候,重元寺起了钟声,我似乎一下子离苏东坡近了好多,之前读到的,是才华横溢的大师,现在我突然明白过来,苏字中除了才华,还有外面的世界和自己的人生。再回过头来面对王家南的佛教绘画,我觉得王家南笔底下,是一座纸上的寺院。王家南是这座寺院里的小和尚,王家南也是这座寺院里的老法师。他是通过自己的内心，对佛学和佛教人物的学习，再把学习的体会，通过线条和颜色表达出来。

好几年之前，我和诗人小海去兴福寺住过几天，我还写了一首名为《兴福寺》的诗歌，其中有几句是这样说的：

我和小海来的时候
和尚们都在念经
他们念念有词的样子
就是准备高考的考生
我和小海要喝茶去了
好好念吧
修炼好了就能到红尘中去
像凡人一样生活
泡一杯清茶
说几句胡话
看上一个女人
再把她娶回家
这样的日子多好啊

我当时的想法是最好的修炼其实是在红尘之中，让朝九晚五代替暮鼓晨钟，让扶老携幼代替青灯黄卷。

我这样的想法，似乎在王家南的作品中，寻得了一些共鸣，王家南是通过佛教绘画，表达的是自己的内心思想，或者说佛教绘画其实是王家南表达内心的一种方式吧。

之前已经说过了，我是一名书法爱好者，我曾经读到过好多《心经》书法作品，《唐人小楷五种》里有欧阳询写的《心经》，我以为过于刻板了，至少不合适我，赵孟頫书写的《心经》又有点华丽，看上去好像不严肃。傅山的书法飘逸俊秀，但我看到他书写的《心经》却是一板一眼，根牢果实，以这样的形式来表达，合情合理，所以我十分喜欢。

  王家南的笔墨也是规矩工整，十分周到和踏实，以这样的方式来处理佛教绘画，首先是让人感觉到一个真诚的态度和朴实的内心，所以我觉得动人。

  我写过好多书画家的文字，有些是我对他们的作品十分默契，有些呢，我对他们的作品只是一些似是而非的认识，这时候的写作，不过是我一个学习的方式，认识不够说明没有学到点子上，深入的功夫，就是从写完文章开始吧。

王少辉

关于相城，我曾经在之前的文字中，说过一句拿腔拿调的话，我说"相城的故事，就是水上的流传"。相城著名的特产是大闸蟹和珍珠，全都是水生水长的物产，相城就是和水相依为命的一方水土。

相城还有一个特点，书法家多，这一些书法家，在苏州书法圈子里很有声望，在全国也有影响。说起来我也是书法爱好者，在我心目中，他们就是用墨做出来的墨蟹和墨珍珠啊，也就是说，少辉是生在相城的墨蟹和墨珍珠。

少辉名叫王少辉，是相城文联主席。我第一次遇到他，是去相城参加一个活动，我看见少辉举着相机笑吟吟地忙前忙后，还以为他是一位摄影艺术家，心里还说，文联主席怎么都是摄影艺术家。但后来少辉和我谈起了书法，并邀我观看他的作品。少辉的书法文气而安静，应该不是书法家笔墨，而是文人情怀吧。我个人是十分欣赏这样气息的书法，但现在要写成文字，一时间却难以言简意赅地说清楚。

正好前一阵一直观看奥运会比赛，中国队拿了太多的金牌，真叫人痛快淋漓，但有一些不拿金牌的外国运动员，也让我很心动。我们的运动员，讲的是勤学苦练，拿运动当饭吃的，我看到的一些外国运动员，是拿运动当点心吃的，金牌也不是他们唯一的目的。比如中亚来的一位长跑运动员，比第一名慢了40多分钟。最后跑道上只有他一个人了，他坚持着跑完全程，并露出幸福的笑容。他是一名设计师，他说因为单位里的工作，而没有及时搭乘来广州的飞机。他是从机场直接赶到体育场的。他让我感受到体育的意义和精神，让我体会到体育的魅力和韵味。

我不是说少辉的书法是跑道上最后一名，只是表示他的书法很好地传递出了书法的意义和精神，并让我体会到书法的魅力和韵味。

少辉没有专门拜师学艺，更多的时候，只是一个人拿着碑帖自己揣摩，因而也可以说，他的书法老师和朋友是王羲之、颜真卿，是苏东坡、米芾，近朱者赤，故而少辉的书法，有很高的品质。

如果书法和武术仿佛，金庸小说中真正超一流的武林高手，都不是来自少林武当的科班弟子，按照这样的逻辑，少辉的书法会走得更远更好。

跋

我已经基本完成了作家到书画家的转型，文章是能推就推，觉得没什么好写，也没什么想写，从前熟悉的文学刊物编辑到苏州来，我去陪同饭局，心情好像是带着现在的夫人到前妻家做客。想想自己和文章朝夕相处差不多三十年了，当初是要死要活的热爱，竟然说放下就放下了，世事无常真的一点不假。

现在报刊约稿很少了，零星的一些文字，我就当逢年过节参加前妻家的活动了，有一点不太自然，也十分温馨。

《纸上滋味》结集出版，我要记一些文字。

一般我写得多的是序言，我写序言都是"产品介绍"和"使用说明"的套路，不久之前看到评弹演员蒋月泉演唱弹词开篇的录像，一下子有了启发。弹词开篇一向是由琵琶弦子来伴奏的，蒋月泉唱开篇，琵琶却是可有可无的道具，你听在耳朵里，也不觉得短少些什么。对于一部作品而言，序言就是那一把琵琶，是产品包装盒上的一个图案，和产品本身关系不大的。

顺着这个逻辑说下去，后记或者说跋中就是散场之后一杯喝剩下的茶水，是一张撕过角的戏票。

收在《纸上滋味》中的文字，大都比较短小，表面看基本上是一种快餐，快餐是一种速战速决地让人吃饱的饮食，似乎是不担负让人吃好的义务的。但我不这样认为，如果一定要寻找一个饮服行业的比喻的话，这样的文字更像是自助餐。自助餐和快餐比较，一样满足了公要馄饨婆要面的要求，却增加了有滋有味的成分，具备了起承转合的娓娓道来，自助餐和宴席比较，少了些繁文缛节，多了点言简意赅，少了点按部就班，多了点随心所欲。

当然我的文字还没有达到这样的水平，这是我努力的方向吧。

感谢为这本书的编辑付出好多劳动的陈武兄，我们是多年的朋友，平日交往也不多，但时常会记起，所谓相见亦无事别来忽忆君，差不多就是这个意思吧。